LA TROMPETA DEL CISNE

E. B. WHITE nació en Mount Vernon, Nueva York, y se licenció en la Cornell University. Sus trabajos aparecieron durante muchos años en la revista *The New Yorker*.

En 1970 recibió la Medalla Laura Ingalls Wilder por su libro *Las telarañas de Carlota*. Autor de una veintena de libros de prosa y de poesía, White ha recibido diversos premios literarios. En 1973 fue elegido miembro de la American Academy of Arts and Letters.

EDWARD FRASCINO nació en la ciudad de Nueva York, donde normalmente reside. Sus dibujos han aparecido con frecuencia en la páginas de *The New Yorker, The New York Times* y *Saturday Review*. Ha destacado de modo especial como ilustrador de libros para niños. Cultiva también la pintura.

E.B. White

LA TROMPETA
DEL CISNE

Noguer y Caralt editores
Barcelona

Título original
The trumpet of the swan
© 1970 by E.B. White, para el texto
© 1970 by Edward Francino, para las ilustraciones
© 1990 by Editorial Noguer, S.A.
Santa Amelia 22, Barcelona
Pubñicado por acuerdo con Harper &Row, Publishers, INC.
Reservados todos los derechos
ISBN: 84-279-3214-6

Ilustración: Edward Francino

Tercera edición: noviembre 2001

Impreso en España - Printed in Spain
Limpergraf, S.L., Barberà del Vallès
Depósito legal: B - 34424 - 2001

CAPÍTULO 1

Sam

Mientras regresaba a la cabaña, cruzando el pantano, Sam se preguntó si debía decir a su padre lo que había visto.

—De una cosa estoy seguro —dijo—. Mañana volveré a esa charca. Y me gustaría ir solo. Si cuento a mi padre lo que he visto, querrá venir conmigo. Y no creo que sea una buena idea.

Sam tenía once años. Se apellidaba Beaver, que en inglés quiere decir castor. Era fuerte para su edad y tenía el pelo y los ojos negros, como los de un indio. Sam caminaba también como un indio, poniendo un pie delante del otro y sin hacer apenas ruido. El pantano que cruzaba era un lugar solitario; no había sendero alguno y bajo sus pies la tierra estaba empapada, lo que hacía muy difícil andar. Cada cuatro o cinco minutos, Sam sacaba su brújula del bolsillo y comprobaba la dirección para asegurarse de que iba hacia el oeste. Canadá es un país muy grande. Y en gran parte despoblado. Perderse en los bosques y ciénagas del oeste de Canadá sería algo muy serio.

Mientras avanzaba, la mente del chico evocaba las maravillas que había contemplado. No eran muchas en el mundo las personas que habían visto alguna vez el nido de un cisne trompetero. Aquel día de primavera Sam halló uno de esos nidos en la solitaria charca. Observó a las dos aves grandes y blancas, de largos cuellos y negros picos. Jamás había experimentado en toda su vida una sensación como la que sintió en la charca en presencia de los dos enormes cisnes. También el nido era grande, un montón de palos y hierbas. La hembra se hallaba sentada sobre los huevos y el macho iba y venía protegiéndola.

Cuando Sam llegó a la cabaña, cansado y hambriento, encontró a su padre friendo un par de peces para la cena.

—¿Dónde *has* estado? —preguntó el señor Beaver.

—He ido a explorar —repuso Sam—. Fui hasta una charca a más de dos kilómetros de aquí. Es la que vimos desde el aire cuando llegamos. No es gran cosa, en cualquier caso no tan grande como este lago.

—¿Encontraste algo? —inquirió su padre.

—Está rodeada de cañaverales y espadañas —dijo Sam—. No creo que sea un buen sitio para pescar. Y resulta difícil llegar hasta allí; hay que cruzar un pantano.

—¿Viste algo? —repitió el señor Beaver.

—Una rata almizclera —respondió Sam— y unos pocos mirlos de alas rojas.

El señor Beaver apartó los ojos de la cocina de leña donde en una sartén se freían los peces.

—Sam —dijo— sabes que me gusta que vayas a explorar. Pero no olvides nunca que estos bosques y estos pantanos no son como los que hay alrededor de nuestra casa de Montana. Si vuelves a esa charca, ten cuidado de no perderte. No me agrada que cruces terrenos cenagosos. Son traicioneros. Puedes pisar un lugar empantanado y hundirte. No habría nadie allí para sacarte.

—Tendré cuidado —repuso Sam.

Sabía muy bien que iba a volver a la charca de los cis-

nes. Y no tenía intención de perderse en el bosque. Se alegró de no haber hablado a su padre de los cisnes aunque también le parecía un tanto raro. Sam no era un chico *taimado* pero resultaba extraño en un aspecto: le gustaba tener sus secretos. Y le agradaba estar solo, en especial cuando se hallaba en el bosque. Disfrutaba con su vida en el rancho de su padre, en la comarca de Sweet Grass, en Montana. Quería a su madre. Quería a Duke, su caballo. Le encantaba montar. Y le complacía ver a los que todos los veranos acudían a pasar unos días en el rancho de los Beaver.

Pero lo que más le entusiasmaba eran estas excursiones a Canadá en compañía de su padre. A la señora Beaver no le interesaban los bosques, así que rara vez se les unía y por lo común iban solos Sam y el señor Beaver. Cruzaban en coche la frontera de Canadá. Allí el señor Beaver alquilaba una avioneta para ir hasta la cabaña del lago en donde pasaban unos días dedicados a pescar, descansar y explorar. El señor Beaver se encargaba sobre todo de pescar y de descansar mientras que Sam se ocupaba de explorar. Y luego el piloto volvía para recogerles. Se llamaba Shorty. Oían el ruido del motor y veían descender la avioneta hacia el lago para deslizarse después sobre el agua hasta el muelle. Esos días en el bosque eran los mejores en la vida de Sam, lejos de todo, sin coches, sin carreteras, sin gente, sin ruidos, sin clases, sin tareas escolares para casa, sin problemas, excepto el de perderse. Y desde luego el problema de qué sería cuando fuese mayor. Todos los chicos tienen ese problema.

Aquella tarde, después de cenar temprano, Sam y su padre se sentaron al raso. Sam leía un libro sobre aves.

—Papá —dijo Sam—. ¿Crees que volveremos a hacer otra excursión dentro de un mes, quiero decir, dentro de unos treinta y cinco días?

—Supongo que sí —replicó el señor Beaver—. Eso espero pero ¿por qué treinta y cinco días? ¿Qué tiene de especial ese plazo de treinta y cinco días?

—Oh, nada —repuso Sam—. Sencillamente pensé que sería magnífico estar de vuelta aquí dentro de treinta y cinco días.

—Es la cosa más absurda que he oído nunca —declaró el señor Beaver—. Esto es magnífico *siempre*.

Sam se fue a dormir. Conocía muchísimo acerca de aves y sabía que la incubación de huevos de cisne duraba treinta y cinco días. Esperaba hallarse en la charca cuando los pequeños salieran del cascarón.

Sam llevaba un diario de su vida. Era un bloc barato que siempre tenía junto a la cama. Cada noche, antes de dormir, escribía algo. Anotaba lo que había hecho, lo que había visto y las ideas que se le habían ocurrido. A veces hacía un dibujo. Siempre acababa por hacerse una pregunta para tener algo en que pensar hasta que conciliase el sueño. Esto es lo que escribió Sam en su diario el día que encontró el nido de los cisnes:

En una pequeña charca al este de la cabaña he descubierto hoy un nido de cisnes trompeteros. La hembra incubada sus huevos. Vi tres pero pondré

cuatro en el dibujo porque creo que debajo había otro. Este es el mayor hallazgo de toda mi vida. No se lo diré a papá. Mañana volveré para observar de nuevo a los cines. Hoy he oído aullar a un zorro ¿Por qué ladra aúlla un zorro? ¿Porque está furioso o preocupado o hambriento o porque envía un mensaje a otro zorro? *¿Por qué aúlla un zorro?*

Sam cerró su bloc, se desnudó y se metió en su litera. Allí se quedó muy quieto, con los ojos cerrados, preguntándose por qué aúlla un zorro. Al cabo de pocos minutos estaba dormido.

CAPÍTULO 2

La charca

La charca que Sam descubrió aquella mañana de primavera rara vez era visitada por un ser humano. Durante todo el invierno la nieve cubría el hielo; la charca permanecía fría y quieta bajo su blanco manto. La mayor parte del tiempo no se oía sonido alguno. Dormía la rana. Dormía la ardilla. De vez en cuando trinaba un arrendajo. Y a ratos, por la noche, aullaba el zorro con un aullido agudo y áspero. El invierno parecía eterno.

Pero un día el bosque y la charca experimentaron un cambio. Entre los árboles soplaba un viento tibio, suave y agradable. El hielo, que durante la noche se había ablandado, comenzó a fundirse. Aparecieron grietas por donde asomaba el agua. Todos los seres que vivían en la charca y en el bosque se alegraban de sentir aquella tibieza. Oían y percibían el aliento de la primavera y rebullían con una vida y una esperanza nuevas. En el aire se advertía un aroma nuevo, el de la tierra que despertaba tras su largo sueño. La rana, enterrada en el barro del fondo de la charca, sabía que había llegado la primavera. También lo sabía el herrerillo y le encantaba (al herrerillo le encantaba casi todo). La zorra, amodorrada en su cubil, sabía que pronto tendría zorritos. Cada ser que se aproximaba una época mejor y más feliz, días más cálidos, noches más agradables. Los árboles se cubrían de brotes verdes; los brotes se hinchaban. Comenzaban a llegar las aves desde el sur. Aparecieron dos patos. Llegó un mirlo de alas rojas y empezó a explorar la charca, buscando un sitio en donde anidar. Llegó un gorrión de pecho blanco y comenzó a cantar:

—¡Oh dulce Canadá, Canadá, Canadá!

Y si entonces hubieses estado sentado junto a la charca en ese primer día de primavera, habrías oído hacia media tarde y súbitamente un sonido como el de una trompeta que llegaba de las alturas.

—¡Kuuh, kuuh!

Y si hubieses alzado los ojos habrías visto volar muy arriba a dos grandes aves. Volaban veloces, estiradas las patas tras el cuerpo, tendidos hacia adelante sus largos cuellos, batiendo con fuerza y firmeza sus poderosas alas.

—¡Kuuh, kuuh!

Un ruido sorprendente en el aire, el trompeteo de los cisnes.

Cuando las aves localizaron la charca, empezaron a dar vueltas, observando el lugar desde el cielo. Luego planearon hasta posarse en el agua, plegando perfectamente sus grandes alas en los costados mientras volvían las cabezas hacia uno y otro lado con el fin de estudiar su nuevo entorno. Eran cisnes trompeteros, aves blanquísimas, de negros picos. Les gustó el aspecto de aquella charca y decidieron que durante un tiempo allí estaría su hogar y allí crecerían sus retoños.

Los dos cisnes estaban cansados de su largo vuelo. Les agradó bajar del cielo. Nadaron lentamente y luego empezaron a comer; metían sus cuellos en aguas poco profundas para extraer del fondo plantas y raíces. Todo era blanco en los cisnes menos sus picos y sus patas que eran

negros. Llevaban la cabeza erguida. La charca pareció distinta desde su llegada.

Los cisnes descansaron unos cuantos días. Cuando sentían hambre, comían. Cuando tenían sed, que era las más de las veces, bebían. Al décimo día la hembra comenzó a buscar un sitio donde construir su nido.

Cuando llega la primavera, la construcción del nido es la primera preocupación de las aves: es lo más importante para ellas. Si eligen un buen sitio, tendrán una excelente posibilidad de incubar sus huevos y de criar polluelos. Si escogen un lugar malo, puede que no lleguen a tenerlos. La hembra del cisne lo sabía muy bien, sabía que la decisión que estaba a punto de tomar resultaba crucial.

Los dos cisnes exploraron el extremo de la charca donde volcaba sus aguas un arroyo. Era un sitio agradable, con cañaverales y juncos. Los mirlos de alas rojas se afanaban en anidar en esta parte de la charca y un par de ánades habían iniciado su cortejo. Luego los cisnes se dirigieron por el agua al otro extremo de la charca, un fangal con el bosque por un lado y un prado por el otro. Era un lugar solitario. Desde la orilla penetraba en la charca, como una diminuta península, una faja arenosa. Y en el extremo, tras unos cuantos palmos de agua, había una islita, apenas mayor que una mesa de comedor. En la isla crecía un arbolito y había piedras, helechos y hierbas.

—¡Echa un vistazo a esto! —exclamó la hembra mientras nadaba en torno.

—¡Kuuh! —replicó su marido, que gustaba de que alguien le pidiese su opinión.

La hembra subió cautelosamente a la isla. El sitio parecía perfecto, lo más indicado para incubar. Mientras el macho, vigilante, nadaba cerca, ella rastreó hasta hallar en el suelo un lugar agradable. Se sentó para probarlo. Decidió que era del tamaño preciso para su cuerpo. Estaba muy bien situado, a poco más de medio metro del borde del agua. Muy adecuado. Se volvió hacia su marido.

—¿Qué te parece? —preguntó.

—¡Un lugar ideal! —replicó él— ¡Un sitio perfecto! Y te diré *por qué* es un sitio perfecto —prosiguió majestuoso—. Si un enemigo de propósitos asesinos, un zorro, un mapache, un coyote o una mofeta, quisiera llegar hasta aquí, tendría que meterse en el agua y mojarse. Y antes de entrar en el agua tendría que recorrer toda esa faja de tierra. Para entonces le habríamos visto u oído y yo le haría pasar un mal rato.

El macho desplegó sus grandes alas, casi dos metros y medio de envergadura, y batió con energía las aguas para mostrar su fuerza. De inmediato se sintió mejor. Cuando un cisne trompetero alcanza a un enemigo con sus alas es como si le golpease con un bate de béisbol.

La esposa pretendió no darse cuenta de que su marido estaba bravuconeando pero se fijó y se sintió orgullosa de su fuerza y de su valor. *Si se juzgaba por la generalidad*, éste era un buen esposo.

El macho contempló a su bella cónyuge sentada en la islita. Con gran alegría advirtió que comenzaba a girar una y otra vez, manteniéndose siempre en el mismo sitio, pisoteando el barro y la hierba. Estaba haciendo los primeros gestos del anidamiento. Primero se agachó en el sitio que había elegido. Luego dió vueltas y más vueltas, apisonando la tierra con sus anchas patas palmeadas, ahuecándola para que tomase la forma de un plato. Después estiró el cuello, recogió ramitas y tallos de hierba y los dejó caer al lado de ella y bajo su cola, adaptando el nido a su cuerpo.

El cisne nadaba cerca de su compañera estudiando todos los movimientos que ella hacía.

—Ahora, cariño, un palo de tamaño mediano —dijo.

Y ella tendió cuanto le fue posible su largo, blanco y elegante cuello, recogió un palo y lo colocó a su lado.

—Ahora unos cuantos tallos resistentes más —añadió el cisne con gran dignidad.

La hembra recogió tallos, musgo, ramitas, todo lo que sirviera. Lenta y cuidadosamente construyó su nido hasta hallarse sentada en un gran túmulo cubierto de hierba. Trabajó un par de horas más y luego volvió a la charca para beber un poco y comer.

—¡Magnífico comienzo! —declaró el macho, volviendo la cabeza hacia el nido— ¡Un buen principio! No sé cómo eres capaz de tanta maña.

—Es algo natural —replicó su esposa—. Aún queda mucho por hacer pero en conjunto resulta una tarea agradable.

—Sí —declaró el macho—. Y cuando lo hayas terminado, tendrás algo que te compense de tus esfuerzos, un nido de cisne, de casi dos metros de anchura. ¿Qué otra ave sería capaz de hacer tal cosa?

—Bueno —observó la esposa— yo diría que un águila.

—Sí, pero en su caso no se trataría de un nido de cisne; sería un nido de águila y estaría en lo alto de algún árbol viejo y seco en vez de hallarse junto al agua, con todas las ventajas que eso tiene.

Los dos se rieron de estas palabras. Luego empezaron a trompetear y a recoger agua, salpicándose sus lomos, yendo de un lado para otro, como si de repente hubieran enloquecido de felicidad.

—¡Kuuh, kuuh! ¡Kuuh, kuuh! ¡Kuuh, kuuh! —chillaban.

Todos los animales silvestres que se hallaban a menos de dos kilómetros de la charca oyeron el trompeteo de los cisnes. Lo oyó el zorro, lo oyó el mapache, lo oyó la mofeta. Lo oyeron un par de oídos que no pertenecían a una criatura silvestre. Pero los cisnes lo ignoraban.

CAPÍTULO 3

Un visitante

Un día, casi una semana después, la hembra se deslizó serenamente dentro del nido y puso un huevo. Cada día trataba de poner otro. A veces lo conseguía. Ya tenía tres y estaba dispuesta a poner el cuarto.

Allí sentada, mientras su marido flotaba muy cerca, tuvo la extraña sensación de que era observada. Se sintió incómoda. A las aves no les gusta que las miren. Y en especial cuando se hallan en el nido. Así que la hembra movió el cuello hacia uno y otro lado y escrutó los alrededores. En especial la faja de tierra que partía de la orilla de la charca y que llegaba hasta muy cerca de donde estaba el nido. Con su mirada aguda observó todas las márgenes en busca de un intruso. Cuando finalmente le vió, experimentó la mayor sorpresa de su vida. Allí, sentado en un tronco muy cerca del agua, había un chico. Estaba muy quieto y no tenía arma alguna.

—¿Ves lo que yo veo? —murmuró la hembra a su marido.

—No. ¿De qué se trata?

—Por allí. En ese tronco. ¡Es un chico! ¿Qué haremos *ahora*?

17

—¿Cómo es posible que un chico haya llegado hasta aquí? —dijo el macho—. Estamos en una de las comarcas más despobladas de Canadá. Aquí no viven seres humanos en muchos kilómetros a la redonda.

—Eso es lo que yo creía —repuso la hembra—. Pero si no hay un chico allí mi nombre no es Cygnus Buccinator.

El macho estaba furioso.

—Pues yo no volé hasta lo más hondo de Canadá para encontrarme con un *chico*. Nos hemos instalado en este lugar idílico, en este paraje remoto, para disfrutar de la tranquilidad que bien nos merecemos.

—También yo lamento que esté ahí ese chico —añadió su esposa— pero tengo que reconocer que se comporta bien. Nos ha visto, pero no ha tirado piedras. Ni palos. Ni ha causado ningún alboroto. Se limita a observarnos.

—Pero yo no *quiero* ser observado —se quejó el macho—. No he volado hasta un sitio tan lejano del corazón de Canadá para ser observado. Además no deseo que *tú* seas observada por nadie que no sea yo. Estás poniendo un huevo, es decir espero que así sea, y creo que tienes derecho a cierto aislamiento. Por lo que sé, todos los chicos tiran piedras y palos: corresponde a su naturaleza. Voy a acercarme, golpearé a ese chico con mis poderosas alas y le parecerá que le han dado con un garrote. ¡Verás cómo le dejo seco!

—¡Aguarda un minuto! —dijo la hembra— No hay necesidad de una pelea. Por el momento ese chico no me molesta en absoluto. Y tampoco te molesta a tí.

—¿Pero cómo llegó hasta *aquí*? —declaró el macho, que ya no hablaba en susurros y había empezado a gritar— ¿Cómo llegó hasta aquí? Los chicos no vuelan y en esta parte del Canadá no hay carreteras. Estamos a ochenta kilómetros de la carretera más próxima.

—Quizá se haya perdido —respondió su esposa—. Tal

vez esté muriéndose de hambre. Quizá quiera robar los huevos del nido y comérselos. Pero lo dudo. No parece hambriento. En cualquier caso he empezado a incubar, tengo tres espléndidos huevos y por el momento ese chico se porta bien. Pues aquí seguiré y trataré de poner un cuarto huevo.

—¡Buena suerte, amor mío! —declaró su marido— Aquí estaré a tu lado para defenderte si sucede algo. ¡Pon el huevo!

Durante la hora siguiente, el macho dió lentamente vueltas y más vueltas en torno de la islita, siempre vigilante. Su esposa permaneció tranquila en el nido. Sam, sentado en el tronco, apenas movió un músculo. Se sentía fascinado por la visión de los cisnes. Eran las aves acuáticas más grandes que había visto. Oyó su trompeteo y buscó en los bosques y ciénagas hasta que halló la charca y localizó el nido. Sabía bastante de aves como para darse cuenta que éstas eran cisnes trompeteros. Siempre se sentía feliz en plena naturaleza, entre animales silvestres. Sentado en el tronco, contemplando los cisnes, experimentaba los mismos buenos sentimientos que tienen algunas personas cuando están en la iglesia.

Tras haberles observado durante una hora, Sam se puso en pie. Se alejó lenta y silenciosamente, poniendo un pie delante de otro a la manera india, sin hacer apenas ruido. Los cisnes le vieron irse. Cuando la hembra abandonó el nido, se volvió para mirarle. Allí, bien colocado entre las blandas plumas del fondo del nido estaba el cuarto huevo. El macho subió a la isla y contempló el nido.

—¡Una obra maestra! —comentó— Un huevo de extraordinaria belleza y de proporciones perfectas. Yo diría que mide casi doce centímetros de largo.

Su esposa estaba complacida.

Cuando la hembra tuvo ya cinco huevos, se sintió satisfecha. Los observó con orgullo. Luego se acomodó en el nido para mantenerlos calientes. Con mucho cuidado empujó cada huevo con el pico hasta ponerlos en el lugar preciso para que recibiesen todo el calor de su cuerpo. El macho daba vueltas en torno para acompañarla y protegerla de enemigos. Sabía que en alguna parte del bosque acechaba un zorro: le había oído aullar por la noche, cuando es mejor la caza.

Pasaban los días y la hembra continuaba tranquilamente sentada sobre los cinco huevos. Pasaban las noches y allí seguía ella, prestando todo su calor a los huevos. Nada la importunaba. El chico había desaparecido, quizás no volvería nunca. Dentro de cada huevo estaba sucediendo algo que ella no podía ver: cobraba forma un pequeño cisne. Con el transcurso de las semanas, los días se hicieron más largos y las noches más cortas. Cuando sobrevino una jornada lluviosa, la hembra se limitó a permanecer sentada y dejar que lloviera.

—Querida —le dijo su marido una tarde— ¿No te parece que tus obligaciones son pesadas y molestas? ¿No te cansas nunca de permanecer sentada en el mismo sitio y en la misma posición, incubando los huevos, sin diversiones, sin placeres, sin ir a ninguna parte y sin hacer ninguna travesura? ¿No te aburres?

—No —replicó su esposa—. De verdad que no.

—¿No te resulta incómodo estar sentada sobre los huevos?

—Sí, lo es —repuso ella—. Pero traer unos pequeños cisnes a este mundo bien merece unas cuantas incomodidades.

—¿Sabes cuantos días más has de seguir sentada? —preguntó.

—No tengo ni idea. Pero he observado que los patos del otro extremo de la charca ya han tenido patitos. Y que también han criado los mirlos de alas rojas. Y la otra noche vi por la orilla a una mofeta listada que llevaba cuatro cachorros. Con suerte, pronto veremos a nuestros hijos, a nuestros bellos y pequeños cisnes.

—¿No sientes punzadas de hambre ni te tortura la sed?

—Sí —afirmó su esposa—. En realidad, creo que voy a beber un poco.

La tarde era tibia; brillaba el sol. La hembra decidió que muy bien podía abandonar los huevos por unos minutos. Se alzó. Primero colocó algunas plumas sueltas en torno de los huevos para ocultarlos y que se mantuvieran calientes en su ausencia. Luego salió del nido y se metió en el agua. Bebió varios tragos rápidos. Después se deslizó sobre aguas poco profundas, introdujo la cabeza bajo la

superficie y sacó ramitas verdes del fondo. Luego, tras rociar de agua todo su cuerpo, se dirigió a la orilla cubierta de hierba y allí se quedó, arreglándose el plumaje.

La hembra se sentía a gusto. Ignoraba que cerca acechaba un enemigo. No había advertido que el zorro rojo

la observaba desde su escondrijo entre unos matorrales. El chapoteo del agua había atraído al zorro hasta la charca. Esperaba hallar un ganso. Husmeó el aire y olió al cisne. Estaba de espalda, así que comenzó a deslizarse cautelosamente hacia ella. Era demasiado grande para que pudiera llevársela pero decidió que de cualquier modo la mataría y saborearía su sangre. El cisne, su marido, aun flotaba en la charca. Fue el primero en darse cuenta de la presencia del zorro.

—¡Cuidado! —trompeteó—. ¡Cuidado con ese zorro que se desliza hacia tí con los ojos brillantes, tiesa la cola, ansioso de sangre y casi tocando el suelo con su vientre! ¡Estás en grave peligro y debes actuar inmediatamente!

Mientras el cisne formulaba este comedido discurso de advertencia, sucedió algo que sorprendió a todos. En el momento preciso en que el zorro estaba a punto de saltar y hundir sus dientes en el cuello de la hembra, llegó un palo por los aires. Golpeó al zorro en el hocico y el animal se volvió y huyó. Los dos cisnes no podían comprender lo que había sucedido. Entonces advirtieron cierto movimiento entre los matorrales. De allí saltó Sam Beaver, el chico que les visitó un mes atrás. Sam sonreía. En una mano llevaba otro palo por si volvía el zorro. Pero el zorro no tenía ningún deseo de regresar. Le dolía mucho el hocico y había perdido el apetito de un cisne tierno.

—Hola —dijo Sam en voz baja.

—¡Kuuh, kuuh! —replicó el macho.

—¡Kuuh! —secundó su esposa.

La charca resonó con sus trompeteos de victoria y satisfacción por el triunfo sobre el zorro.

Sam estaba encantado con el ruido que hacían los cisnes, que a algunas personas les recuerda el sonido de un cuerno francés. Caminó lentamente por la orilla hasta llegar al cabo próximo a la isla y se sentó en su tronco. Los cisnes comprendían ahora que aquel chico era indudablemente su amigo. Había salvado la vida de ella. Había llegado al sitio oportuno, en el momento preciso y con la munición adecuada. Los cisnes se sentían agradecidos. El macho nadó hacia donde estaba Sam, salió de la charca y se acercó a él, mirándole de un modo cordial mientras que con gran elegancia arqueaba su cuello. Luego, cautelosamente, tendió el cuello y casi llegó a tocar al chico. Sam no movió un músculo. Su corazón palpitaba de excitación y júbilo.

La hembra regresó a su nido y a la tarea de incubar los huevos. Se consideraba afortunada por hallarse con vida.

Por la noche, antes de meterse en la litera, Sam tomó su bloc y buscó un lápiz. Esto es lo que escribió:

No sé de nada tan maravilloso en todo el mundo

como contemplar un nido con los huevos dentro. Un huevo, porque contiene vida, es la cosa más perfecta que existe. Es bello y misterioso. Un huevo es algo muy superior a una pelota de tenis o a una pastilla de jabón. Una pelota de tenis será siempre simplemente una pelota de tenis. Una pastilla de jabón será siempre simplemente una pastilla de jabón... hasta que se haga tan pequeña que nadie la quiera y la tire. Pero un huevo será algún día una criatura viva. Un huevo de cisne se abrirá y de allí saldrá un pequeño cisne. Un nido es casi tan maravilloso y tan misterioso como un huevo. ¿Cómo saben las aves hacer un nido? Nadie se lo ha enseñado. ¿Cómo saben las aves hacer un nido?

Sam cerró su bloc, dio las buenas noches a su padre, apagó la lámpara y subió a su litera. Y allí se quedó preguntándose cómo saben las aves construir nidos. Sus ojos se cerraron muy pronto y se durmió.

CAPÍTULO 4

Los pequeños cisnes

Durante la noche la hembra creyó oír un ligero piar que llegaba de los huevos. Y justo antes de que amaneciese tuvo la seguridad de haber sentido un leve movimiento bajo su pecho, como si un cuerpecito se agitase. Tal vez había terminado la incubación. Desde luego los huevos no se mueven, así que la hembra decidió que bajo ella tenía que haber algo que no fuese un huevo. Se mantuvo perfectamente inmóvil, aguzó el oído y aguardó. Su esposo nadaba cerca, siempre vigilante.

Encerrado en un huevo, a un pequeño cisne no le resulta fácil salir. Jamás lo conseguiría si la naturaleza no le hubiese dotado de dos cosas importantes: un cuello musculoso y un diminuto y afilado diente en la punta del pico. El pequeño cisne lo emplea par abrir un agujero en la dura cáscara del huevo. Una vez hecho el agujero, el resto es fácil. Ahora ya puede respirar. Todo lo que tiene que hacer entonces es agitarse hasta quedar libre.

El macho esperaba ser padre en cualquier momento. La idea de la paternidad le hacía sentirse poético y orgulloso. Comenzó a hablar a su esposa.

—Por aquí me deslizo sobre las aguas —declaró—

mientras la tierra se baña en maravillas y belleza. Ahora, lentamente, surge la luz del día en nuestro cielo. La neblina se cierne sobre la charca. La neblina se alza poco a poco, como el vapor de una olla, mientras yo me deslizo, mientras se incuban los huevos, mientras llegan a la vida los pequeños cisnes. Me deslizo y me deslizo. Crece la luz. El aire se torna más tibio. Desaparece gradualmente la neblina. Me deslizo y me deslizo. Los pájaros lanzan sus primeros trinos. Las ranas, que han croado por la noche, dejan de croar y callan. Yo me deslizo incesantemente, como cisne que soy.

—Pues claro que te deslizas como un cisne —dijo su esposa— ¿De qué otro modo podrías deslizarte? No ibas a deslizarte como un alce.

—No, es cierto. Gracias, querida mía, por corregirme.

El macho se sintió desconcertado por la sensata observación de su pareja. Le encantaba pronunciar frases sonoras y líricas. Decidió que mejor sería nadar más y hablar menos.

A lo largo de toda la mañana la hembra percibió el piar de los huevos. Y de vez en cuando sentía que algo se removía bajo ella. Era una extraña sensación. Los huevos habían permanecido inmóviles durante muchos, muchos días, treinta y cinco en total, y ahora empezaban por fin a palpitar, dotados de vida. Sabía que en estas circunstancias lo más adecuado era permanecer quieta.

Hacia el final de la tarde su paciencia se vio recompensada. Bajó los ojos y allí, apartando sus plumas, asomó una cabecita, el primer bebé, el primer cisne. Era suave y blando. Y, a diferencia de sus padres, gris. Sus patas tenían el color de la mostaza y sus ojos brillaban. Con movimientos inseguros se abrió camino hasta alzarse junto a su madre, contemplando el mundo por vez primera. Su madre le habló quedamente y a él le gustó oír su voz. Le agradó respirar el aire tras haber permanecido tanto tiempo encerrado dentro de un huevo.

El macho, que había vigilado atentamente durante todo el día, vió aparecer la cabecita. Su corazón palpitó de alegría.

—¡Un cisne! —gritó— ¡Un cisne por fin! Y yo soy su padre, con todas las agradables obligaciones y con las terribles responsabilidades de la paternidad ¡Bendito hijo mío, cuán magnífico es ver asomar tu cara entre las protectoras plumas del pecho de tu madre, bajo este bello cielo, tranquila y pacífica la charca a la larga luz de la tarde!

—¿Qué te hace pensar que se trata de un macho? —inquirió su esposa— Muy bien podría ser una hembra. En cualquier caso, se trata de un cisne, vivo y sano. Ya puedo sentir a otros debajo de mí. Quizá conseguiremos los cinco. Mañana lo sabremos.

—En eso confío —repuso el macho.

A la mañana siguiente, muy temprano, Sam Beaver saltó de su litera mientras aun dormía su padre. Se vistió y encendió la cocina. Frió unas cuantas tiras de bacon, tostó dos rebanadas de pan, se sirvió un vaso de leche, se sentó y desayunó. Cuando concluyó, tomó papel y lápiz y escribió lo siguiente:

He salido a dar un paseo. Volveré a la hora de comer.

Sam dejó la nota donde su padre la encontraría; recogió después sus prismáticos y su brújula, se ajustó su cuchillo de monte al cinto y a través del bosque y del pantano se dirigió hacia donde vivían los cisnes.

Se acercó cautelosamente a la charca, colgados del hombro los prismáticos. Eran poco más de las siete, con el sol aun pálido y fresco el ambiente. La mañana rebosaba de aromas deliciosos. Cuando llegó a su tronco, Sam se sentó y ajustó los prismáticos. A través de sus lentes, el nido parecía estar a escasos centímetros. La hembra, sentada, no se movía. El macho se hallaba cerca. Las dos aves escuchaban y aguardaban. Vieron a Sam pero no les importó que estuviese allí. De hecho, les agradó. Se *sorprendieron* sin embargo de los prismáticos.

—El chico parece tener hoy unos ojos muy grandes —murmuró el macho—. Sus ojos son enormes.

—Creo que en realidad se trata de unos prismáticos —replicó la hembra—. No estoy segura, pero me parece que cuando una persona mira a través de unos prismáticos, ve todo más cerca y más grande.

—Entonces los prismáticos de ese chico me harán parecer mayor de lo que soy —declaró esperanzado el macho.

—Supongo que así será —replicó su esposa.

—Pues me *gusta* —añadió el macho—. Es posible que, además de mayor, con los prismáticos parezca aun más guapo ¿No crees?

—Es posible —manifestó la hembra— pero improbable. Mejor será que no parezcas *demasiado guapo*. Podría subírsete a la cabeza. Ya eres bastante vanidoso.

—Como todos los cisnes —afirmó el macho—. Y razón tenemos. Lo lógico es que un cisne se sienta guapo y elegante; para eso es un cisne.

Sam no podía averiguar lo que decían los cisnes; simplemente sabía que conversaban y el sonido de su charla avivó la sangre en sus venas. Le agradaba la compañía de aquellas dos aves tan grandes en un lugar selvático. Se sintió verdaderamente feliz.

A media mañana, cuando el sol se había alzado en el cielo, Sam empuñó de nuevo los prismáticos y observó el nido. Distinguió al fin lo que había acudido a ver: una cabecita que asomaba entre las plumas de la madre, la cabecita de un cisne trompetero. El pequeño se arrastró hasta el borde del nido. Sam pudo observar entonces la cabeza y el cuello grises, su cuerpo cubierto de suave plumón, sus patas palmeadas y amarillentas. Luego apareció otro pequeño cisne. Luego, otro. Entonces el primero se refugió de nuevo, buscando calor, entre las plumas de su madre. Después otro trató de subir al lomo de la hembra, pero las plumas estaban resbaladizas y se deslizó hasta caer sentado junto a ella. La madre permaneció quieta, disfrutando de sus pequeños, viendo cómo aprendían a emplear sus patas.

Transcurrió una hora. Uno de los pequeños cisnes, más atrevido que los demás, abandonó el nido y exploró la orilla de la islita. Entonces la madre se alzó. Decidió que ya había llegado el momento de conducir a sus hijos al agua.

—¡Vamos! —dijo— ¡Y manteneos juntos! Observad con cuidado lo que hago. Y luego hareis lo mismo. Nadar es fácil.

—Uno, dos, tres, cuatro, cinco —contó Sam—. Uno, dos, tres, cuatro, cinco pequeños cisnes. Cinco cisnes, tan seguro como que es de día.

Cuando vió a sus hijos acercarse al agua, el macho consideró que tenía que comportarse como un padre. Empezó por pronunciar un discurso.

—¡Bienvenidos a la charca y a la ciénaga adyacente! —dijo— ¡Bienvenidos al mundo que contiene esta charca solitaria, esta espléndida ciénaga, silvestre e impoluta! ¡Bienvenidos a la luz del sol y a la sombra, al viento y al tiempo, bienvenidos al agua! Como pronto descubriréis, el agua es el elemento propio de los cisnes. Nadar no constituye ningún problema para un cisne. Bienvenidos al peligro, contra el que debéis preveniros: el malvado zorro, de pasos astutos y dientes agudos; la nutria agresiva que nada bajo vosotros y trata de atraparos por las patas; la maloliente mofeta que caza de noche y se oculta en la sombra; el coyote depredador que aúlla y es más grande que un zorro. Cuidado con los perdigones de plomo que hay en el fondo de toda charca, abandonados allí por las escopetas de los cazadores. No los tragueis ¡Os envenenaríais! ¡Estad atentos, sed fuertes, valientes y elegantes y seguidme *siempre*! Yo iré el primero, después vendréis vosotros en fila y vuestra cariñosa madre cerrará la retaguardia ¡Entrad tranquilamente en el agua!

La madre, satisfecha de que el discurso hubiese concluido, penetró en el agua y llamó a sus hijos. Los pequeños cisnes contemplaron el agua por un segundo y luego avanzaron, saltaron y pronto flotaron. Les gustó el agua. Nadar era sencillo, no había dificultad alguna. El agua era buena para beberla. Cada cisne echó un trago. Su orgulloso progenitor arqueó el largo y bello cuello en torno de los pequeñuelos, protegiéndoles. Después partió muy lentamente y los pequeños le siguieron en fila. Su madre cerraba la comitiva.

—¡Vaya escena! —se dijo Sam— ¡Qué momento! Siete trompeteros en fila y cinco de ellos recién salidos del cascarón. Este es mi día de suerte.

Apenas se dió cuenta del entumecimiento de su cuerpo tras haber permanecido tanto tiempo en el tronco.

Como todos los padres, el macho deseaba mostrar a alguien sus hijos. Así que llevó a los pequeños cisnes hasta donde estaba Sam. Todos salieron del agua y se detuvieron ante el chico, todos menos la madre. Ella se quedó atrás.

—¡Kuuh! —declaró el macho.

—¡Hola! —repuso Sam, que no había esperado semejante visita y que apenas se atrevía a respirar.

El primero de los pequeños miró a Sam y dijo:

—Bip.

El segundo de los pequeños miró a Sam y también dijo:

—Bip.

El tercer cisne saludó a Sam de la misma manera. Y el cuarto hizo otro tanto. Con el quinto cisne fue diferente. Abrió la boca pero nada dijo. Hizo un esfuerzo por decir bip pero no se oyó sonido alguno. Así que optó por estirar su cuellecito, se apoderó de uno de los cordones de los zapatos de Sam y tiró. Tornó a tirar hasta que acabó por deshacer la lazada. Entonces soltó el cordón. Había sido una especie de saludo. Sam sonrió.

El macho parecía ahora preocupado. Tendió su largo y blanco cuello entre los pequeños y el chico y guió a los bebés hasta el agua, en donde aguardaba su madre.

—¡Seguidme! —declaró el macho.

Y él se puso en marcha el primero, muy elegante y rebosante de orgullo.

Cuando la madre juzgó que sus pequeños ya habían nadado bastante y podían enfriarse, llegó hasta una orilla arenosa, se agachó y les llamó. Los bebés abandonaron rápidamente la charca y se refugiaron bajo las plumas de su madre para entrar en calor. En un instante todos los pequeños desaparecieron de la vista.

Al mediodía Sam se levantó y regresó a la cabaña, con su mente llena de las imágenes de aquella mañana. Al día siguiente él y su padre oyeron en el aire el motor de Shorty, vieron acercarse a la avioneta y recogieron sus mochilas.

—¡Adiós, cabaña! Te veremos en el otoño —dijo el señor Beaver, al tiempo que cerraba la puerta.

Sam y él subieron a la avioneta y pronto se hallaron en el aire, de regreso a su casa de Montana. El señor Beaver ignoraba que su hijo había visto a una pareja de cisnes trompeteros con sus polluelos. Sam prefirió no decírselo.

—Aunque viviese cien años —pensó Sam— jamás olvidaré lo que sentí cuando el polluelo desató la lazada de mi cordón.

Sam y su padre llegaron muy tarde al rancho pero aun así el chico sacó su diario antes de acostarse. Y escribió.

Había cinco pequeños cisnes. Son de color pardogrisáceo sucio pero muy simpáticos. Sus patas tienen un color amarillento como el de la mostaza. El padre les condujo ante mí. No lo esperaba pero me quedé muy quieto. Cuatro de los polluelos dijeron bip. El quinto trató de decirlo pero no pudo. Se apoderó de un cordón de mis zapatos, como si fuese un gusano, tiró y deshizo la lazada. Me pregunto qué seré de mayor.

Apagó la luz, echó la sábana sobre su cabeza y se quedó dormido, pensando en lo que sería de mayor.

CAPÍTULO 5

Louis

Una noche, pocas semanas después, cuando los pequeños cisnes ya se habían dormido, la madre dijo al padre:

—¿No has advertido algo diferente en uno de nuestros hijos, el que llamamos Louis?

—¿Diferente? —replicó el macho— ¿En qué sentido es Louis diferente? Louis me parece normal. Está desarrollándose bien; nada y bucea espléndidamente. Come bien. Pronto le saldrán las plumas para volar.

—Oh, claro que parece normal —declaró la madre—. Y es indudable que come lo suficiente. Está sano, es guapo y se comporta como un excelente nadador ¿Pero has oído a Louis hacer algún sonido como hacen los otros? ¿Has escuchado su voz, que diga algo? Ni el más ligero ruido.

—Pensando en eso, creo que tienes razón —repuso el padre, que comenzaba a mostrarse preocupado.

—¿Has oído a Louis darnos las buenas noches, como hacen los demás? ¿Darnos los buenos días como hacen los demás de ese modo tan encantador?

—Ahora que lo mencionas, jamás —afirmó el padre— ¡Dios mío! ¿A dónde pretendes llegar? ¿Quieres hacerme

33

creer que nuestro hijo tiene algún *defecto*? Una revelación como ésa sería para mí un golpe terrible. Deseo que todo vaya bien en mi familia para poder deslizarme elegante y serenamente, ahora que estoy en la flor de la vida, sin verme acosado por inquietudes ni desengaños. Bastante dura es ya la paternidad. No deseo para mí el peso adicional de un hijo con un defecto, un hijo que padezca algo que nos preocupa.

—Pues bien —manifestó su esposa— en los últimos días he observado atentamente a Louis. Creo que no es capaz de hablar. Jamás le he oído emitir un sonido. Juzgo que llegó mudo a este mundo. Si tuviese voz, la usaría, como hacen los demás.

—¡Pero es terrible! —aseguró el padre— Es algo verdaderamente angustioso. Muy grave.

Su esposa le miró y le dirigió una mirada burlona.

—Por el momento aun no es grave —dijo—. Pero lo *será* dentro de dos o tres años, cuando Louis se enamore, como indudablemente sucederá. A un cisne joven le costará mucho hallar una compañera si no consigue decir kuuh, kuuh o si no puede dirigir palabras cariñosas a la hembra que prefiere.

—¿Estás segura? —inquirió el macho.

—Claro. Recuerdo perfectamente la primavera de hace años, cuanto te enamoraste de mí y empezaste a perseguirme ¡Qué guapo estabas y vaya ruido que hacías! Sucedió en Montana ¿Recuerdas?

—Claro que lo recuerdo —repuso él.

—Pues lo que más me atrajo de ti fue tu voz, tu maravillosa voz.

—¿*Sí*?

—Desde luego. Tenías la voz más resonante y bella entre todos los cisnes jóvenes del Refugio Nacional de Vida Silvestre en los lagos de Red Rock, en Montana.

—¿*Sí*? —repitió el macho.

—Sí. Cada vez que te escuchaba decir algo con esa voz tuya, tan profunda, me sentía dispuesta a ir contigo a cualquier parte.

—¿Sí?

Era obvio que le encantaban las palabras de su esposa. Halagaban su vanidad y hacían que se sintiera importante. Siempre había presumido de su voz y oír aquellos elogios en boca de su esposa constituía una experiencia maravillosa. En el placer del momento se olvidó por completo de Louis y pensó enteramente en sí mismo. Pues claro que recordaba aquella espléndida primavera en un lago de Montana. Cuando se enamoró. Se acordó de cuán hermosa se le antojó ella, qué joven e inocente parecía, cuán atractiva y deseable. Ahora comprendía plenamente que nunca habría podido cortejarla y conseguirla si hubiera sido incapaz de *decir* algo.

—No nos preocuparemos por Louis de momento —declaró su madre—. Aun es muy pequeño. Pero le observaremos el próximo invierno, cuando vayamos a pasar la temporada en Montana. Tenemos que permanecer unidos, como una familia, hasta ver cómo se desenvuelve Louis.

Caminó hacia donde se hallaban los pequeños dormidos y se instaló junto a ellos. La noche era fresca. Con cuidado alzó un ala y cubrió a sus hijos. Éstos se agitaron en su sueño y se acercaron aun más a ella.

El padre permaneció en silencio, pensando en lo que su esposa acababa de decirle. Era un ave valiente y noble y había empezado ya a concebir un plan para su pequeño Louis.

—Si verdaderamente Louis no posee voz —se dijo— entonces le proporcionaré algo que le permita hacer muchísimo ruido. Tiene que haber *algún* medio de superar esta dificultad. Al fin y al cabo, mi hijo es un cisne trompetero: debería tener una voz como la de una trompeta. Pero antes comprobaré si es cierto lo que dice su madre.

El macho no consiguió dormir aquella noche. Se quedó quieto, sosteniéndose sólo sobre una pata, pero no le sobrevino el sueño. Al día siguiente, después de que todos disfrutaron de un buen desayuno, apartó a Louis de los demás.

—Louis —dijo—. Quiero hablarte a solas. Vamos a nadar tú y yo hasta el otro extremo de la charca, en donde podamos charlar tranquilos sin temor a que nos interrumpan.

A Louis le sorprendieron aquellas palabras. Pero asintió y siguió a su padre, nadando con fuerza tras él. No entendía por qué deseaba hablarle a solas, lejos de los demás.

—¡Bien! —dijo el padre cuando llegaron al otro extremo de la charca —Aquí estamos, flotando espléndida y elegantemente, a cierta distancia de los demás, en un ambiente perfecto. Una mañana soberbia, tranquila la charca, en donde sólo se percibe el canto de los mirlos que endulzan el aire.

Louis pensó que le gustaría que su padre fuese al grano.

Éste es un lugar ideal para nuestra conversación —prosiguió el padre—. Hay algo que tengo que discutir contigo con toda sinceridad, algo que concierne a tu futuro. No es necesario que nos refiramos a todos los aspectos de la vida de las aves. Bastará con que nos limitemos en nuestra charla a lo único esencial que se nos presenta en esta ocasión.

Louis, que estaba poniéndose ya muy nervioso, volvió a pensar que le gustaría que su padre fuese al grano.

—Me he dado cuenta, Louis —continuó el padre— de que rara vez *dices* algo. En realidad no puedo recordar haberte oído proferir sonido alguno. Jamás te escuché hablar, decir kuuh o gritar, ni de miedo ni de júbilo. Esto resulta muy extraño en un joven trompetero. Es grave. Vamos, Louis, di bip ¡Adelante, dílo! ¡Dí bip!

¡Pobre Louis! Mientras su padre le observaba, respiró hondo, abrió la boca y dejó escapar el aire, esperando decir bip. Pero no se percibió ningún sonido.

—¡Inténtalo de nuevo, Louis! —dijo su padre— Tal vez no hayas hecho suficiente esfuerzo.

Louis probó otra vez. Era inútil. De su garganta no

brotaba sonido alguno. Meneó, entristecido, la cabeza.

—¡Fíjate en mí! —declaró el padre.

Alzó su cuello todo lo que pudo y gritó un kuuh tan fuerte que lo oyeron todos los seres que vivían en varios kilómetros a la redonda.

—¡Vamos a oír ahora tu bip! —le ordenó— ¡Di bip, Louis, alto y claro!

Louis lo intentó. Pero sin éxito.

El padre le acució otra vez a que hiciera algún ruido. Louis probó de nuevo. Pero no consiguió nada.

—Bien —manifestó el padre— No hay nada que hacer. No permitas, Louis, que se apodere de ti la tristeza. Los cisnes deben ser alegres, no tristes; elegantes, no torpes; valientes, no cobardes. Recuerda que el mundo está lleno de jóvenes que tienen algún tipo de defecto que deben superar. Al parecer *tú* sufres un defecto de expresión. Estoy seguro de que lo superarás con el tiempo. A tu edad, cabe incluso que sea una pequeña ventaja eso de no poder decir nada. Te obligará a escuchar con atención. El mundo está lleno de gente que habla pero son muy pocos los que saben escuchar. Y te aseguro que serás más capaz de conseguir información si escuchas que si hablas. Louis pensó que su padre hablaba muchísimo.

—Algunos —prosiguió el padre— pasan la vida parloteando y haciendo muchísimo ruido con su boca: jamás *escuchan* realmente nada porque están demasiado ocupados en expresar sus opiniones que a menudo resultan estúpidas o se hallan basadas en informaciones erróneas ¡Alégrate por eso, hijo mío! ¡Disfruta de la vida, aprende a volar! ¡Come bien, bebe bien! ¡Emplea tus oídos, emplea tus ojos! Y te prometo que algún día haré que puedas emplear tu voz. Hay aparatos mecánicos que transforman el aire en bellos sonidos. A uno de tales aparatos se le llama trompeta. En uno de mis viajes ví una vez una trompeta. No *supe* nunca de un cisne trompetero que necesitase una trompeta pero tu caso es diferente. Conseguiré lo que necesitas. No sé cómo lo lograré pero en el momento preciso así será. ¡Y ahora que nuestra charla ha concluido, volvamos elegantemente al otro extremo de la charca, en donde nos aguardan tu madre y tus hermanos y hermanas!

El padre dio la vuelta y empezó a nadar. Louis fue tras su progenitor. Había sido para él una mañana desagradable. Le asustaba ser diferente de sus hermanos y hermanas. Le aterraba ser distinto. No podía entender por qué había llegado a este mundo sin voz. Todos los demás parecían tener una voz ¿Por qué él no?. «El destino es cruel», pensó, «el destino es cruel conmigo.» Luego recordó que su padre había prometido ayudarle y se sintió mejor. Pronto se reunieron con los demás y todos empezaron a jugar. Louis participó en el alboroto general. Buceaba, salpicaba y se revolvía en la charca. Podía lanzar el agua más lejos que ninguno de sus hermanos y hermanas pero no conseguía gritar mientras jugaba. Y gritar mientras juegas es la mitad de la diversión.

CAPÍTULO 6

Rumbo a Montana

Al final de verano el padre reunió a su familia en torno de él y anunció:

—Hijos, tengo noticias para vosotros. Se acerca el término del verano. Las hojas están tornándose rojas, rosadas y amarillentas. Pronto caerán. Ha llegado el momento de que abandonemos esta charca. Ha llegado el momento de marcharse.

—¿Marcharnos? —gritaron todos los pequeños cisnes menos Louis.

—Desde luego —replicó el padre—. Ya sois bastante mayores para que aprendáis las cosas importantes de la vida y la que más os interesa ahora es ésta: no podemos permanecer mucho más tiempo en este maravilloso lugar.

—¿Por qué no? —gritaron todos los pequeños cisnes menos Louis.

—Porque se acaba el verano —repuso el padre— y es costumbre entre los cisnes abandonar sus nidos al final del estío y dirigirse al sur, hacia un sitio más templado en donde hallar alimentos. Sé que os gusta mucho esta bellísima charca, esta maravillosa ciénaga, los cañaverales de las orillas y estos lugares escondidos en los que descansar.

Aquí habéis hallado una vida agradable y divertida. Habéis aprendido a nadar y a bucear. Conmigo al frente como una locomotora y vuestra madre en retaguardia como el furgón, habéis disfrutado de nuestros diarios y atrayentes paseos. A lo largo de los días habéis escuchado y aprendido. Habéis esquivado a la odiosa nutria y al cruel coyote. Habéis escuchado a la pequeña lechuza que dice co- co-co-co. Habéis oído a la perdiz que dice kuit kuit. Os habéis dormido por la noche arrullados por el croar de las ranas, la voz de la noche. Pero han de concluir estos placeres y pasatiempos, estas aventuras, estos juegos y travesuras, estas imágenes y sonidos maravillosos. Todas las cosas se acaban. Y ya es hora de que nos vayamos.

—¿Y a dónde iremos? —gritaron todos los cisnes menos Louis— ¿A dónde iremos, kuuh, kuuh?

—Volaremos hacia el sur, hasta Montana —replicó el padre.

—¿Qué es Montana? —preguntaron todos los cisnes menos Louis— ¿Qué es Montana, banana, banana? ¿Qué es Montana, banana, banana?

—Montana —repuso el padre— es un estado de los Estados Unidos. Y allí, en un valle encantador, rodeado de altas montañas, se hallan los lagos de Red Rock, que la naturaleza ha concebido especialmente para los cisnes. En esos lagos disfrutaréis de aguas tibias, que surgen de manantiales ocultos. Allí jamás se forma hielo, por muy frías que sean las noches. En los lagos de Red Rock encontraréis a otros cisnes trompeteros, así como aves de categoría inferior como patos y ánades. Son escasos los enemigos. No hay cazadores. Abundan las madrigueras de ratas almizcleras. El grano es gratis. Se juega todo el día. ¿Qué más se puede pedir en el largo, larguísimo invierno?

Louis escuchaba asombrado todo aquello. Hubiera querido preguntar a su padre cómo aprenderían a volar y cómo encontraría Montana tras haber aprendido a volar.

Empezó a temer que se perdería. Pero no era capaz de formular preguntas. Tenía que limitarse a escuchar.

Habló uno de sus hermanos.

—Padre —declaró—. Has dicho que *volaríamos* hacia el sur. Yo no sé *volar*. Jamás he estado en el aire.

—Cierto —repuso el padre—. Pero volar es en buena parte adoptar la actitud precisa, amén desde luego de contar con excelentes plumas en las alas. El vuelo consta de tres partes. Primero, el despegue, durante el que se produce mucha agitación, se salpica bastante agua y se baten rápidamente las alas. Segundo, la ascensión o logro de altura; eso requiere un gran esfuerzo y una rápida actividad de las alas. Y en tercer lugar, el vuelo de crucero, muy arriba; para entonces las alas se baten ya con mayor lentitud, con vigor y de un modo regular, y nos llevan veloces y seguros de una comarca a otra zona mientras gritamos kuuh, kuuh y toda la tierra se extiende bajo nosotros.

—Parece muy bonito —comentó el pequeño cisne —pero no creo que sea capaz de lograrlo. Podría marearme allá arriba al mirar hacia abajo.

—¡Pues no *mires* hacia abajo! —dijo el padre— Mira solamente al frente. Y no pierdas los nervios. Además, los cisnes no se marean, se encuentran muy a gusto en el aire. Se sienten regocijados.

—¿Qué significa «regocijados»? —inquirió el pequeño cisne.

—Significa que te sientes fuerte, satisfecho, firme, altivo, orgulloso, triunfante, contento, poderoso y ensalzado, como si hubieras conquistado la vida y logrado un excelso propósito.

Louis escuchó todo aquello con gran atención. Le asustaba la idea de volar.

«No seré capaz de decir kuuh», pensó, «me pregunto si puede volar un cisne que no tiene voz ni consigue decir kuuh.»

—Creo —afirmó el padre— que lo mejor que puedo hacer es mostraros cómo se vuela. Efectuaré un breve vuelo de exhibición para que lo observéis ¡Fijaos en todo lo que yo haga! ¡Reparad en cómo levanto y bajo mi cuello antes del despegue! ¡Fijaos en cómo compruébelo el viento, volviendo mi cabeza hacia un lado y otro! El despegue ha de ser *contra* el viento; resulta mucho más fácil de ese modo. ¡Escuchad el ruido que hago con mi trompeteo! ¡Ved cómo extiendo mis grandes alas! ¡Contemplad como las bato con furia mientras corro por el agua, agitando las patas como un loco! ¡Este frenesí se prolongará por espacio de unos sesenta metros hasta que de repente me alce, agitando en el aire mis alas con una fuerza terrible pero sin que mis patas toquen ya el agua! ¡Observad entonces lo que hago! ¡Ved cómo levanto hacia adelante mi blanco y elegante cuello hasta el máximo de su longitud! ¡Fijaos cómo recojo las patas y luego las echo hacia atrás hasta más allá de mi cola! ¡Oíd mis gritos mientras gano altura y empiezo a trompetear! ¡Ved qué fuerte y firme se torna el batido de mis alas! ¡Reparad luego en cómo me inclino y giro, extiendo las alas y planeo! ¡Y justamente al llegar de nuevo a la charca, cómo echo las patas por delante y las empleo al tocar el agua como si fuesen esquíes acuáticos! Tras haber visto todo esto, os reuniréis conmigo, y también con vuestra madre, y empezaremos a practicar el vuelo hasta que comprendáis su intríngulis. Mañana lo repetiremos y en vez de volver a la charca, nos dirigiremos al sur, hacia Montana ¿Estáis preparados para mi vuelo de exhibición?

—¡Preparados! —gritaron todos los pequeños cisnes menos Louis.

—¡Pues bien, allá voy!

Y mientras los demás le observaban, nadó hasta el otro extremo de la charca, se volvió, comprobó la dirección del viento, alzó y bajó el cuello, trompeteó y tras una carrera de unos sesenta metros, se lanzó al aire y empezó a ganar altura. Estiró hacia adelante su largo cuello, muy recogidas hacia atrás sus patas grandes y negras y batió con fuerza las alas. Luego su agitación se redujo un tanto cuando el vuelo se tornó regular. Todos los ojos le contemplaban. Louis se sintió poseído de una gran agitación. «¿Podré hacer yo otro tanto?», se preguntó, «¿Y si fracaso? Después los demás echarían a volar y él se quedaría solo en la charca a la que se acercaba el invierno, sin padre, sin hermano, sin hermanas ni hermanos y sin nada que comer cuando el agua se helase. Entonces moriré de hambre. Tengo miedo.»

Al cabo de unos minutos su padre dejó de planear en el aire y descendió. Todos lo saludaron.

—¡Kuuh, kuuh, bip, bip, bip, bip!

Todos menos Louis. Sólo pudo expresar su admiración batiendo las alas y lanzando agua a la cara de su padre.

—Muy bien —dijo éste —Ya habéis visto cómo se hace. Seguidme y probad. Esforzaos por hacerlo todo a la perfección, no olvidéis por un momento que sois cisnes y por tanto que habéis de volar muy bien y estoy seguro de que todo saldrá a las mil maravillas.

Todos los cisnes nadaron hasta el extremo de la charca. Alzaron y bajaron sus cuellos, Louis más que los demás. Comprobaron la dirección del viento, moviendo sus cabezas hacia uno y otro lado. De repente el padre dió la señal de partir. Surgió una tremenda conmoción entre un batir de alas, agitar de patas y salpicaduras del agua convertida en espuma. Y luego, asombro de los asombros, saltaron al aire siete cisnes, dos de un blanco purísimo y cinco de un gris sucio. Tras el despegue empezaron a ganar altura.

Louis fue el primero de los pequeños cisnes que se alzó en el aire, por delante de sus hermanos y hermanas. En cuanto levantó las patas del agua supo que podía volar. Fue un tremendo alivio al tiempo que una espléndida sensación.

«¡Vaya!», dijo para sí, «Jamás imaginé que sería tan divertido volar. Es maravilloso. Espléndido. Soberbio. Estoy encantado y no me mareo. Podré ir a Montana con el resto de la familia. Tal vez tenga un defecto pero al menos puedo volar.»

Los siete grandes cisnes permanecieron en lo alto durante cosa de media hora. Luego, precedidos por el padre, regresaron a la charca. Tomaron un trago para celebrar el éxito del vuelo. Al día siguiente se levantaron temprano. Era una magnífica mañana de otoño. La bruma se alzaba de la charca y los arboles resplandecían con todos sus colores. Hacia la caída de la tarde, mientras que el sol, se hundía lentamente en el cielo, los cisnes despegaron de la charca y emprendieron su viaje a Montana.

—¡Por aquí! —gritó el padre.

Se desvió hacia la izquierda y luego volvió en línea recta rumbo al sur. Los demás, trompeteando, fueron tras él. Cuando pasaron sobre la cabaña en donde estaba Sam Beaver, éste les oyó y salió fuera. Se quedó observándolos mientras empequeñecían, cada vez más lejanos, y finalmente desaparecieron.

—¿Qué era eso? —preguntó su padre cuando Sam regresó a la cabaña.

—Cisnes —replicó Sam—. Se dirigían al sur.

—Mejor será que hagamos lo mismo —replicó el señor Beaver—. Supongo que mañana aparecerá Shorty para recogernos.

El señor Beaver se tendió en su litera.

—¿Qué clase de cisnes eran? —inquirió.

—Trompeteros —repuso Sam.

—Qué curioso —comentó el señor Beaver—. Creía que los trompeteros habían dejado de emigrar. Pensaba que pasaban todo el año en los lagos de Red Rock, en donde están protegidos.

—Eso hace la mayoría —contestó Sam— pero no todos.

Ya era hora de ir a la cama. Sam sacó su diario. Esto es lo que escribió:

Esta noche he oído a los cisnes. Se dirigían al sur. Tiene que ser maravilloso volar de noche. Me pregunto si volveré a ver alguno de ellos. ¿Cómo saben las aves ir desde dónde están hasta dónde quieren llegar?

CAPÍTULO 7

En la escuela

Pocos días después de que los cisnes llegasen a su lugar de invernada en los lagos de Red Rock, a Louis se le ocurrió una idea. Decidió que, puesto que no era capaz de emplear su voz, debería aprender a leer y a escribir. «Si fallo en algo», se dijo, «debería probar a desarrollarme por otro camino. Aprenderé a leer y a escribir. Luego me colgaré una pizarrita del cuello y llevaré una tiza. De ese modo seré capaz de comunicarme con todo el que sepa leer».

A Louis le gustaba la compañía de los demás y ya tenía muchos amigos en los lagos. Aquel lugar era un refugio para diversas especies de aves acuáticas, cisnes, ánades y patos. Vivían allí porque ése era un sitio seguro y porque el agua estaba tibia incluso en lo más crudo del invierno. Louis era muy admirado por su habilidad como nadador. Le gustaba competir con otros cisnes jóvenes para ver quien podía bucear a mayor distancia y permanecer bajo la superficie más tiempo.

Cuando Louis se afirmó en su resolución de aprender a leer y a escribir, decidió visitar a Sam Beaver para solicitar su ayuda. «Tal vez», pensó, «me permita Sam ir a la escuela con él y la profesora me enseñe a escribir.» La idea le entusiasmó. Se preguntó si aceptarían a un cisne joven en una clase de chicos. Se preguntó si sería difícil aprender a leer. Pero sobre todo se preguntó si podría encontrar a Sam. Montana es un estado muy grande y ni siquiera estaba seguro de que Sam viviese en Montana, pero confió en que así fuera.

A la mañana siguiente, cuando no le observaban sus padres, Louis levantó el vuelo. Se dirigió hacia el nordeste. Cuando llegó al río Yellowstone siguió su curso hasta la comarca de Sweet Grass. Al ver un pueblo bajo él, aterrizó cerca de la escuela y aguardó a que salieran los chicos y las chicas. Louis se fijó en cada chico, esperando ver a Sam. Pero Sam no estaba allí.

«Me he equivocado de pueblo y de escuela», pensó Louis. «Probaré de nuevo.» Echó a volar, halló otro pueblo y localizó la escuela, pero ya se habían marchado todos los chicos y las chicas.

«Echaré un vistazo por los alrededores», decidió Louis. No se atrevió a ir andando por la calle principal, por temor a que alguien le disparase. Voló bajo, describiendo círculos mientras observaba con atención a cada chico que veía. Al cabo de unos diez minutos divisó un rancho en donde un chico partía leña cerca de la puerta de la cocina. Tenía el pelo negro. Louis descendió.

«He tenido suerte», pensó. «Es Sam.»

Cuando Sam vio al cisne, dejó caer el hacha y se quedó muy quieto. Louis se acercó tímidamente y luego inclinó la cabeza y deshizo la lazada de un zapato de Sam.

—¡Hola! —declaró Sam con voz cordial.

Louis trató de decir kuuh, pero de su garganta no brotó sonido alguno.

—*Te conozco* —dijo Sam—. Eres el que nunca dice nada y que solía tirar de los cordones de mis zapatos.

Louis asintió.

—Me alegra verte —afirmó Sam—. ¿Qué puedo hacer por tí?

Louis se limitó a mirarle fijamente.

—¿Tienes hambre? —preguntó Sam.

Louis meneó la cabeza.

—¿Sed?

Louis meneó la cabeza.

—¿Quieres quedarte a pasar la noche con nosotros en el rancho? —inquirió Sam.

Louis asintió y saltó.

—De acuerdo —dijo Sam—. Tenemos mucho sitio. Bastará con que pida permiso a mi padre.

Sam recogió el hacha, colocó un tronco sobre el tocón y lo partió por el centro. Luego se volvió a mirar a Louis.

—Te pasa algo con la voz. ¿No es cierto? —preguntó.

Louis asintió, alzando y bajando vigorosamente el cuello. Sabía que Sam era amigo suyo aunque ignorase que en una ocasión salvó la vida de su madre.

Al cabo de unos minutos el señor Beaver se presentó en el patio. Desmontó y ató el caballo a un travesaño.

—¿Qué tienes ahí? —preguntó a Sam.

—Es un cisne trompetero. Sólo cuenta unos meses de edad —repuso Sam—. ¿Me permitirá quedarme con él por un tiempo?

—Me parece que es ilegal tener en cautividad una de estas aves silvestres. Pero llamaré por teléfono al guarda de la reserva y veré qué me responde. Si dice que sí, puedes guardarle.

—Pues explica al guarda que tengo que atenderle.

—¿Qué le sucede? —inquirió su padre.

—Le pasa algo en la garganta. Es mudo —replicó Sam.

—¿Qué es lo que dices? Jamás oí hablar de un cisne mudo.

—Pues éste es un cisne trompetero que no puede trompetear. No consigue emitir sonido alguno.

El señor Beaver miró a su hijo como si no supiera si creerle o no. Pero se dirigió a la casa. Regresó al cabo de unos minutos.

—El guarda dice que te quedes con el cisne por un tiempo si puedes ayudarle. Pero, tarde o temprano, el ave tendrá que regresar a los lagos de Red Rock a donde pertenece. El guarda afirma que no permitiría a *cualquiera* tener un cisne pero que te lo consiente porque entiendes de aves y confía en tí. Ése es todo un elogio, hijo.

El señor Beaver parecía complacido. Sam se sentía dichoso y Louis muy aliviado. Al cabo de un rato fueron a cenar a la cocina del rancho. La señora Beaver consintió en que Louis permaneciera junto a la silla de Sam. Le dieron algo de maíz y un poco de avena que le gustó. Cuando Sam se dispuso a ir a la cama, quiso que Louis durmiese en su habitación pero la señora Beaver se opuso.

—Ensuciará la habitación. No se trata de un canario, es enorme. Ponle en la cuadra. Puede dormir en uno de los pesebres vacíos; a los caballos no les importará.

A la mañana siguiente Sam llevó consigo a Louis hasta la escuela. Sam montaba en su caballo y Louis volaba. Los chicos de la escuela se sorprendieron al ver un ave de ese tamaño, con su largo cuello, sus ojos brillantes y sus grandes patas. Sam le presentó a la profesora de primer grado, la señora Hammerbotham, que era bajita y gorda. Le explicó que Louis quería aprender a leer y a escribir porque era mudo.

La señora Hammerbotham observó a Louis. Luego meneó la cabeza.

—Nada de aves —declaró—. Bastantes problemas tengo ya.

Sam pareció decepcionado.

—Por favor, señora Hammerbotham —dijo—. Por favor, déjele entrar en su clase y aprender a leer y a escribir.

—¿Para qué quiere un ave leer y escribir? Sólo las *personas* necesitan comunicarse entre sí.

—Eso no es del todo cierto, señora Hammerbotham —afirmó Sam— si me permite decírselo. Yo he observado muchas veces a aves y a otros animales. Todos hablan entre sí, tienen que hacerlo para entenderse. Las madres han de hablar con sus pequeños. Los machos tienen que hablar con las hembras, sobre todo cuando se enamoran en primavera.

—¿*Se enamoran*? —inquirió la señora Hammerbotham, que pareció asombrada por lo que Sam había dicho. —¿Qué sabes tú de eso?

Sam se ruborizó.

—¿Qué clase de ave es? —preguntó la profesora.

—Un cisne trompetero —replicó Sam—. Ahora tiene ese color gris sucio pero dentro de un año será el ave más bella del mundo, de un blanco purísimo, con pico tan negro como sus patas. Nació la pasada primavera en Canadá y vive en los lagos de Red Rock, pero no puede decir kuuh como los demás cisnes y eso le coloca en una posición terriblemente desventajosa.

—¿Por qué? —inquirió la profesora.

—Porque es así —explicó Sam—. ¿No se sentiría usted muy preocupada si quisiera decir kuuh y no pudiera emitir sonido alguno?

—Yo no *quiero* decir kuuh —repuso la profesora—. Ni siquiera sé lo que significa. En cualquier caso, Sam, todo esto es una tontería. ¿Qué te hace pensar que un ave pueda aprender a leer y a escribir? Es imposible.

—¡Déle una oportunidad! —rogó Sam— Se porta bien, es listo y tiene ese grave defecto.

—¿Cómo se llama?

—No lo sé —respondió Sam.

—Bien —declaró la señora Hammerbotham— si va a venir a mi clase, ha de tener un nombre. Tal vez podamos averiguar cuál es.

Miró al ave.

—¿Te llamas Joe?

Louis meneó la cabeza.

—¿Jonathan?

Louis meneó la cabeza.

—¿Donald?

Louis meneó la cabeza otra vez.

—¿Te llamas Louis?

Louis asintió vigorosamente con la cabeza, saltó y aleteó.

—¡Dios mío! —gritó la profesora— ¡Qué alas! Bueno, te llamas Louis, eso es seguro. De acuerdo, Louis, puedes quedarte en clase. Ponte aquí, junto a la pizarra. ¡Y no se te ocurra ensuciar el aula! Si por cualquier razón necesitas salir fuera, alza un ala.

Louis asintió. Los chicos aplaudieron. Les gustaba su nuevo compañero y tenían ganas de saber lo que podría hacer.

—¡Silencio, chicos! —dijo ásperamente la señora Hammerbotham—. Empezaremos con la letra *A*.

Tomó un pedazo de tiza y trazó una enorme **A** en la pizarra.

—¡Prueba tú, Louis!

Louis tomó con el pico un pedazo de tiza y trazó una **A** perfecta bajo la que había escrito la profesora.

—¿Ve? —declaró Sam—. Es un ave extraordinaria.

—Bueno —añadió la señora Hammerbotham—. La *A* es fácil. Le pondré algo más difícil.

Escribió **G A T O** en el tablero.

—¡Veamos, Louis, a ver si eres capaz de escribir *gato*!

Louis escribió *gato*.

—Bueno, *gato* también es fácil —murmuró la profesora. ¿Se le ocurre a alguien una palabra más larga?

—*Catástrofe* —dijo Charlie Nelson, que se sentaba en la primera fila.

—¡De acuerdo! —declaró la señora Hammerbotham—. Ésa es una palabra bastante difícil ¿Pero sabe alguien lo que significa? ¿Qué es una catástrofe?

—Un terremoto —dijo una de las chicas.

—Exacto —replicó la profesora—. ¿Qué más?

—La guerra es una catástrofe —dijo Charlie Nelson.

—Exacto —replicó la profesora—. ¿Qué más?

Alzó la mano una niña muy pequeña y pelirroja, que se llamaba Jennie.

—Sí, Jennie. ¿Qué es una catástrofe?

Con una vocecita muy aguda, Jennie repuso:

—Cuando estás dispuesta para ir de excursión con tu padre y tu madre y has preparado bocadillos de jamón y queso y manzanas y plátanos, con servilletas de papel, unas cuantas botellas de gaseosa y unos pocos huevos duros. Has metido todo en la nevera portátil y la nevera ya está en el coche. Y entonces empieza a *llover* y tus padres dicen que no se puede salir de excursión cuando llueve. Pues eso es una catástrofe.

—Muy bien, Jennie —dijo la señora Hammerbotham—. No tan malo como un terremoto ni como una guerra. Pero supongo que para un niño es una catástrofe que la lluvia obligue a suspender una excursión. En cualquier caso *catástrofe* es una excelente palabra. Apuesto a que no hay ave que pueda escribirla. Si consigo enseñar a una a escribir *catástrofe*, me haré famosa en toda la comarca de Sweet Grass y publicarán mi foto en *Life*.

Pensando en todas estas cosas, se acercó a la pizarra y escribió C A T Á S T R O F E.

—¡Y ahora, Louis, veamos si puedes escribir *eso*!

Louis tomó con su pico un nuevo pedazo de tiza. Observó atentamente la palabra. «Es una palabra larga», pensó, «pero en realidad no resulta más difícil que otra corta. Bastará con ir copiando letra a letra y pronto la terminaré. Además mi vida es una catástrofe. Es una

catástrofe no tener voz». Entonces comenzó a escribir
C A T Á S T R O F E, trazando cada letra con mucho
cuidado. Cuando concluyó la última, los alumnos aplaudieron, patearon y aporrearon sus mesas y un niño hizo
a toda prisa un avión de papel y lo lanzó al aire. La señora Hammerbotham impuso orden.

—Muy bien, Louis —dijo—. Sam, ya es hora de que
acudas a tu propia clase; no deberías estar en mi aula.
Vete al quinto grado. Yo cuidaré de tu amigo el cisne.

Cuando llegó a su clase, Sam se sintió muy feliz por
el modo en que se había arreglado aquel asunto. Los chi-

cos de quinto grado tenían clase de aritmética y su profesora, la señorita Annie Snug, le recibió con una pregunta. La señorita Snug era joven y bonita.

—Sam, si un hombre puede recorrer andando cinco kilómetros en una hora. ¿Cuántos recorrerá en cuatro horas?

—Eso depende del cansancio que sienta después de la primera hora —contestó Sam.

Los demás alumnos rieron estruendosamente y la señorita Snug impuso orden.

—Sam tiene razón —dijo—. Jamás había examinado yo de ese modo el problema. Siempre creí que el hombre sería capaz de recorrer veinte kilómetros en cuatro horas pero puede que Sam tenga razón. Quizá arrastre los pies y reduzca la marcha.

Albert Bigelow alzó la mano.

—Mi padre conoció a un hombre que intentó recorrer veinte kilómetros y murió de un ataque al corazón —declaró Albert.

—¡Caramba! —comentó la profesora—. Supongo que también eso podría ocurrir.

—Todo puede suceder en cuatro horas —afirmó Sam—. Es posible que se le haga una ampolla en el talón. O que encuentre moras junto al camino y se detenga a recogerlas. Así también se retrasaría, aunque no estuviese cansado ni le hubiera salido una ampolla.

—Claro —admitió la profesora—. Bien, chicos, creo que esta mañana hemos aprendido mucho de aritmética gracias a Sam Beaver. Y ahora, un problema para una de la chicas del aula. Si estás dando el biberón a un bebé y se toma veinticuatro centilitros cada vez ¿cuánta leche tomará con *dos* biberones?

Linda Staples alzó la mano.

—Unos cuarenta y siete centilitros —dijo.

—¿Cómo es eso? —inquirió la señorita Snug— ¿No serán cuarenta y ocho?

—Siempre vierte un poco —explicó Linda—. Se le escapa por las comisuras de los labios y cae al delantal de su madre.

Para entonces la clase aullaba tanto que fue preciso abandonar la lección de aritmética. Pero todo el mundo aprendió que es preciso tener mucho cuidado cuando se opera con números.

CAPÍTULO 8

El amor

Cuando el padre y la madre de Louis descubrieron su desaparición, se sintieron muy preocupados. Ningún otro cisne joven había desaparecido de los lagos; sólo faltaba Louis.

—Ahora se plantea la cuestión —declaró el padre a su esposa— de si debo o no debo partir en busca de nuestro hijo. No me agrada abandonar estos atrayentes lagos en el otoño, próximo ya el invierno. En realidad anhelaba este tiempo de serenidad y paz y la compañía de otras aves acuáticas. Me gusta vivir aquí.

—Existen otras consideraciones además de tu bienestar personal —señaló su esposa—. ¿Se te ha ocurrido pensar que no tenemos idea de la dirección que tomó Louis cuando partió? Tú no sabes más que yo sobre el asunto. ¿Hacia dónde irías si hubieses de empezar a buscarle?

—Bien —repuso el padre—, tras un último análisis, creo que me decidiría por ir al sur.

—¿Qué quieres decir con eso de «último análisis»? —declaró con impaciencia la madre— Aún no has analizado nada. ¿Por qué dices «último análisis»? ¿Y por qué irías hacia el sur en busca de Louis? Hay otras direcciones: el norte, el este y el oeste. Y el nordeste, el sudeste, el sudoeste y el noroeste.

—Cierto —repuso el padre— y existen también direcciones intermedias: nornordeste, estesudeste, oestesudoeste... Los rumbos que puede haber tomado un cisne joven son muy numerosos.

Y entonces decidieron que no se haría ninguna búsqueda.

—Esperaremos aquí a ver lo que sucede —declaró el padre—. Estoy seguro de que Louis regresará a su debido tiempo.

Pasaron los meses. El invierno llegó a los lagos de Red Rock. Las noches eran largas, oscuras y frías. Los días eran breves, claros y fríos. A veces soplaba el viento. Pero los cisnes, los ánades y los patos se hallaban seguros y contentos. Los manantiales cálidos que desaguaban en los lagos impedían que el hielo los cubriera; siempre había espacios por donde nadar. Y abundaban los alimentos. A veces llegaba un hombre con un saco de grano y lo extendía en donde las aves pudieran comerlo.

La primavera siguió al invierno. Pasó un año y llegó otra primavera. Aun no había noticias de Louis. Una mañana en que sus hermanos ya crecidos jugaban al waterpolo uno de ellos alzó los ojos y vió por el aire a un cisne que se acercaba.

—¡Kuuh! —gritó el que había visto, corriendo hacia donde estaban su padre y su madre— ¡Mirad! ¡Mirad! ¡Mirad!

Todas las aves del lago se volvieron y observaron al cisne que se aproximaba. Éste describió un círculo en el aire.

—¡Louis! —proclamó el padre— ¿Pero qué es esa cosa tan extraña que cuelga de su cuello? ¿Qué puede ser?

—Aguarda y veremos —repuso su esposa—. Tal vez se trate de un regalo.

Louis miró hacia abajo y localizó a la que le pareció su familia. Cuando estuvo seguro, descendió planeando hasta el agua. Su madre corrió a abrazarle. Su padre arqueó elegantemente el cuello y agitó las alas para saludarle. Todos gritaban:

—¡Kuuh!

Y:

—¡Bienvenido, Louis!

Su familia se hallaba loca de alegría. Había estado ausente cosa de año y medio, casi dieciocho meses. Parecía mayor y muy guapo. Sus plumas eran ahora de un blanco purísimo y ya no de un gris sucio. De un cordón en torno de su cuello colgaba una pizarrita. Y de un cordel sujeto a la pizarrita colgaba un pedazo de tiza blanca.

Cuando concluyeron los saludos familiares, Louis tomó la tiza con su pico y escribió «¡Hola!» en la pizarrita. Luego la alzó para que todos la vieran.

El padre la observó. La madre la observó. Los cisnes jóvenes la observaron. Para ellos nada significaban unas palabras en una pizarrita. No sabían leer. Ninguno de los miembros de su familia había visto hasta entonces una pizarrita ni un pedazo de tiza. La tentativa de Louis de saludar a su familia fue un fracaso. Pensó que había malgastado un año y medio en la escuela, aprendiendo a escribir. Se sintió decepcionado. Y desde luego era incapaz de hablar. Las palabras en la pizarrita representaban todo lo que podía ofrecer a guisa de saludo.

Finalmente habló su padre.

—Louis, hijo mío —empezó a decir con su voz profunda y resonante— éste es el día que tanto hemos esperado, el día de tu retorno a nuestro refugio en los lagos de Red Rock. Nadie podría imaginar el grado de nuestra alegría ni la hondura de nuestra emoción al verte de nuevo, a ti que tanto tiempo estuviste ausente, en tierras de las que nada sabemos y en empresas que sólo imaginar podemos. ¡Qué alegría es contemplar otra vez tu figura! Espero que hayas disfrutado de excelente salud durante tu larga ausencia, en tierras de las que nada sabemos y en empresas que sólo imaginar podemos...

—Ya dijiste eso antes —declaró su esposa— Te repites. Louis tiene que estar cansado tras su viaje, venga de donde viniere y haya hecho lo que fuese.

— Muy cierto —aseguró el padre—. Pero debo prolongar un poco más mis manifestaciones de bienvenida porque han suscitado mi curiosidad ese pequeño objeto que lleva Louis colgado de su cuello y esos extraños símbolos que ha trazado pasando por encima esa cosa blanca.

—Bueno —dijo la madre de Louis—. Naturalmente, a *todos* nos interesa eso. Pero Louis no puede explicarlo porque es mudo. Así que tendremos que olvidarnos por ahora de nuestra curiosidad y dejar que Louis se bañe y coma.

Todo el mundo reconoció que ésa era una buena idea.

Louis nadó hasta la orilla, colocó su pizarrita y su tiza bajo un matorral y tomó un baño. Cuando concluyó, metió la punta de un ala en el agua y tristemente borró la palabra «¡Hola!». Luego volvió a colgar de su cuello la pizarrita. Se sentía a gusto con su familia. Y ésta había aumentado en los meses que pasó con Sam Beaver en la escuela. Había ahora nuevos cisnes. El padre y la madre de Louis habían pasado el verano en Canadá y allí tuvieron los seis pequeños. En el otoño todos regresaron a los lagos de Red Rock en Montana.

Un día, poco después del regreso de Louis, apareció el hombre del saco de grano. Louis le vió y nadó hacia él. Cuando el hombre extendió el grano por el suelo para que lo comieran las aves, Louis tomó su pizarrita y escribio: «¡Muchísimas gracias!». Alzó la pizarrita hasta el hombre, que pareció sorprendido.

—¿Cómo? —dijo el hombre— ¡Vaya ave! ¿En dónde aprendiste a escribir?

Louis borró la pizarrita y escribió: «En la escuela».

—¿Escuela? —inquirió el hombre del grano—. ¿Qué escuela?

«La escuela pública», escribió Louis. «Me enseñó la señora Hammerbotham.».

—Jamás oí hablar de ella —declaró el hombre del grano— pero tiene que ser una excelente profesora.

«Lo es», escribió Louis. Se sentía entusiasmado por ser capaz de mantener una conversación con un desconocido. Comprendió que, aunque la pizarrita de nada le sirviera con otras aves, *iba* a serle muy útil con las personas porque éstas saben leer. Así se sintió muchísimo mejor. Al abandonar Louis el rancho, Sam Beaver le entregó la pizarrita como regalo de despedida. Sam había comprado la pizarrita y la tiza con el dinero que tenía ahorrado. Louis decidió que la llevaría siempre consigo.

El hombre del grano se preguntó si había soñado o si en realidad había visto a un cisne escribir palabras en una pizarrita. Decidió no decir nada a nadie por temor a que la gente pensase que había perdido el juicio.

La primavera es para la aves el tiempo de emparejarse. Los tibios y dulces aires primaverales despiertan extraños sentimientos en los cisnes jóvenes. Los machos comienzan a fijarse en las hembras. Se exhiben frente a ellas. Las hembras comienzan a fijarse en los machos pero lo disimulan. Se muestran muy esquivas.

Louis se sintió muy extraño un día que advirtió que estaba enamorado. Y sabía de qué ave. Siempre que nada iba junto a ella, se daba cuenta de que su corazón latía con más fuerza y de que su mente rebosaba de pensamientos de amor y de deseo. Le parecía que jamás había visto a una hembra tan bella. Era un poco más pequeña que los demás cisnes pero su cuello le pareció más elegante y sus movimientos más atrayentes que los de cualquiera de los que vivían en el lago. Se llamaba Serena. Deseó poder hacer algo que despertase su atención. Quería que fuese su pareja pero no podía decírselo por culpa de su mudez. Nadaba en círculos en torno de ella, alzaba y bajaba el cuello y de una manera espectacular buceaba y permanecía bajo las aguas para demostrarle que podía contener la respiración por más tiempo que cualquier otro cisne. Pero la hembra no prestaba ninguna atención a los gestos de Louis. Se comportaba como si no existiera.

Cuando la madre de Louis descubrió que cortejaba a una hembra joven, se ocultó tras una mata de juncos y observó lo que pasaba. Advertía que estaba enamorado por su modo de comportarse y se dió también cuenta de que no tenía éxito en su empeño.

Una vez, desesperado, Louis nadó hasta donde estaba su amada Serena y se inclinó. Su pizarrita colgaba como de costumbre de su cuello. Tomando en su pico la tiza, escribió: «Te quiero». Y le mostró la pizarrita.

Ella la miró por un instante y luego se alejó nadando. No sabía leer y, aunque le gustaba la apariencia de aquel macho joven que llevaba algo colgado del cuello, no podía interesarse realmente por un cisne que era incapaz de *decir* nada. Por lo que a ella se refería, un cisne trompetero que no podía trompetear era un don nadie.

Cuando la madre de Louis observó la escena acudió en busca de su marido.

—Tengo noticias para tí —le dijo—. Tu hijo Louis se

halla enamorado pero la hembra que desea no le presta atención. Es tal como predije. Louis no podrá encontrar pareja porque no tiene voz. Esa tonta a la que persigue me indigna por su manera de comportarse. Pero tanto da, lo siento por Louis. Piensa que es la hembra más maravillosa del lago y no puede decir «kuuh, te quiero» y eso es lo que ella está deseando oír.

—Pero esto es terrible —declaró el macho—. Realmente grave. Sé lo que significa estar enamorado. Recuerdo lo doloroso, lo apasionante que puede ser el amor y, en el caso de fracaso, cuán tristes y decepcionantes los días y las noches. Mas soy el padre de Louis y no voy a despreocuparme de esta situación. Actuaré. Louis es un cisne trompetero, la más noble de todas las aves acuáticas. Es alegre, cordial, fuerte, poderoso, lozano, bueno, valiente, arrogante, firme, sincero, un gran volador, un tremendo nadador, temerario, paciente, leal, honesto, ambicioso, deseoso...

—Aguarda un momento —le interrumpió su esposa—. No hace falta que me digas todas esas cosas. La cuestión es ésta: ¿Qué vas a hacer para ayudar a Louis a encontrar pareja?

—Yo me encargaré del asunto con mi diligencia acostumbrada y a mi propio modo —replicó el padre—. ¿Dices que esa joven hembra desea oír a Louis decir «kuuh, te quiero»?

—Claro.

—¡Pues entonces le oirá! —exclamó—. Existen aparatos fabricados por los hombres, trompas, trompetas, instrumentos musicales de todo género. Esos aparatos son capaces de producir sonidos semejantes a nuestro salvaje trompeteo. Empezaré a buscar uno de esos artefactos aunque tenga que ir hasta el fin del mundo a buscar una trompeta para nuestro hijo. La encontraré y se la traeré a Louis.

—Si permites una sugerencia —dijo su esposa— no vayas al fin del mundo. Basta con que te dirijas a Billings, en Montana. Está más cerca.

—Muy bien, pues probaré en Billings. Buscaré una trompeta en Billings. Y ahora, sin más, me voy. No hay tiempo que perder. La primavera no es eterna. El amor es fugaz. Cada minuto cuenta. Parto ahora mismo hacia Billings, en Montana, una gran ciudad rebosante de vida y de objetos fabricados por el hombre. ¡Adiós, amor mío! ¡Volveré!

—¿Y con que dinero la comprarás? —preguntó su práctica esposa—. Las trompetas tienen un precio.

—Déjame eso a mí —repuso el macho.

Y, tras decir esto, echó a volar. Ascendió aprisa, como un reactor, y luego voló en horizontal, muy alto y muy rápido, rumbo al nordeste. Su esposa le observó hasta que se perdió de vista.

—¡Qué cisne! —murmuró—. Confío en que al menos sepa lo que hace.

CAPÍTULO 9

La trompeta

Cuando el padre voló hacia Billings, impulsado por sus robustas y blancas alas, bullían en su cabeza los más confusos pensamientos. Jamás había intentado adquirir una trompeta. Carecía de dinero para comprarla. Temía llegar después de que las tiendas hubiesen cerrado. Comprendía que en toda América del Norte él era indudablemente el único cisne trompetero camino de una ciudad para apoderarse de una trompeta.

«Qué aventura tan extraña», se dijo a sí mismo. «Pero es un noble empeño. Haré cuanto pueda por ayudar a mi hijo Louis... aunque eso signifique verme en apuros.»

Mediada la tarde, el cisne miró hacia adelante y divisó a lo lejos las iglesias, las fábricas, las tiendas y las casas de Billings. Decidió actuar con rapidez y audacia. Voló en círculo sobre la ciudad, a la búsqueda de un establecimiento de instrumentos musicales. De repente localizó uno. Tenía un gran escaparate, protegido por una sólida luna. El cisne voló más bajo y describió un nuevo círculo para examinar la tienda más de cerca. Distinguió un tambor dorado. Vió una extraña guitarra con un cable. Observó un pequeño piano. Vió banjos, trompas, violines,

mandolinas, timbales, saxofones, marimbas, violoncellos y muchos otros instrumentos. Luego reparó en lo que buscaba: una trompeta de latón, colgada de un cordón rojo. «¡Ha llegado la hora de actuar!», se dijo. «Es el momento de jugármelo todo con un movimiento audaz, por mucho que repugne a mi sensibilidad, por ofensivo que resulte a las leyes que gobiernan las vidas de los hombres. ¡Allá voy! ¡Que la suerte me acompañe!»

Y tras decirse esto, el cisne dispuso sus alas para descender en picado, directamente hacia el escaparate. Tensó su cuello, preparándose para el impacto. Cayó veloz y alcanzó el cristal como un rayo. La luna se hizo añicos. El estruendo fue aterrador. Tembló toda la tienda. Se desplomaron varios instrumentos musicales. Había cristales por todas partes. Una dependienta se desmayó. El cisne sintió una dolorosa punzada cuando un cristal le cortó en un hombro pero se apoderó de la trompeta con el pico, giró violentamente en el aire, escapó por la brecha abierta en el escaparate y comenzó a ascender con rapidez por encima de los tejados de Billings. Cayeron algunas gotas de sangre. Le dolía el hombro. Pero había conseguido llevarse lo que buscaba. Con su pico sostuvo la magnífica trompeta de latón de la que pendía el cordón rojo.

Podéis imaginar el tumulto que estalló en la tienda de instrumentos musicales cuando el cisne penetró por el escaparate. En el momento en que rompió la luna, uno de los empleados estaba mostrando un bombo a un cliente y se asustó tanto al ver a la gran ave que golpeó sonoramente contra el parche uno de los palillos.

—¡Booom! —hizo el bombo.

—¡Craaack! —hicieron los cristales por el aire.

Y la dependienta, al desmayarse, cayó sobre las teclas de un piano.

—¡Ron, rin, ron, run! ¡Ron, rin, ron, run! —hizo el piano.

El dueño de la tienda empuñó una escopeta que se le disparó sin querer y abrió un boquete en el techo del que se precipitó una lluvia de yeso. Por todos los sitios volaban y caían los objetos entre un tremendo estrépito.

—¡Booom! —hizo el bombo.

—¡Plank! —hizo el banjo.

—¡Ron, rin, ron, run! ¡Ron, rin, ron, run! —hizo el piano.

—¡Oooomp! —hizo el contrabajo.

—¡Socorro! —chilló un empleado— ¡Nos han robado!

—¡Apartaos! —tronó el dueño.

Corrió hacia la puerta, se asomó e hizo otro disparo. *¡Bang!*, hacia el ave. Pero ya era demasiado tarde. El cisne volaba muy alto, fuera del alcance de la escopeta. Por encima de los tejados de Billings se dirigía a su hogar, hacia el sudoeste. En su pico llevaba la trompeta. Y en su corazón el dolor de haber cometido un delito.

«He robado en una tienda», se dijo. «Me he convertido en un ladrón ¡Qué destino tan miserable para un ave como yo de carácter tan excelente e ideales tan elevados! ¿Por qué lo hice? ¿Qué me impulsó a cometer este odioso delito? Hasta ahora mi vida era intachable, un modelo de buen comportamiento y de conducta impecable. Soy por naturaleza fiel cumplidor de las leyes ¿Por qué, oh, por qué lo hice?»

Luego la respuesta le sobrevino mientras volaba en línea recta por el cielo vespertino: «Lo hice para ayudar a mi hijo. Lo hice por amor a mi hijo Louis».

Mientras tanto, en Billings, la noticia se difundió rápidamente. Era la primera vez que un cisne irrumpía en una tienda de instrumentos musicales y se apoderaba de una trompeta. El director de un diario envió a un periodista al lugar de los hechos. El periodista entrevistó al propietario y publicó en el diario un reportaje sobre el acontecimiento. Los titulares decían:

AVE GIGANTESCA ASALTA UNA TIENDA DE INSTRUMENTOS MUSICALES

Un cisne blanco penetra por el escaparate y escapa con una valiosa trompeta

Todo el mundo en Billings compró un ejemplar del periódico y leyó la información sobre tan extraordinario suceso. En la ciudad no se hablaba de otra cosa. Algunos lo creyeron; otros afirmaba que jamás podía haber sucedido. Aseguraban que todo era un truco del propietario de la tienda para hacer publicidad de su establecimiento. Pero los empleados confirmaron lo que había pasado realmente. Y señalaban las gotas de sangre en el suelo.

La policía acudió a inspeccionar los daños, que fueron estimados en novecientos dólares. Los agentes prometieron que tratarían de descubrir al ladrón y de detenerle pero se mostraban muy preocupados cuando se les dijo que era un ave.

—Las aves son un problema muy especial —comentaron—. No resulta fácil cuando se trata de aves.

En los lagos de Red Rock la madre de Louis aguardaba con ansiedad el regreso de su marido. Cuando, ya de noche, apareció en el cielo, observó que traía una trompeta. Colgaba por un cordón de su cuello.

—Bueno —dijo cuando él se deslizó hasta detenerse en el agua— ya veo que lo conseguiste.

—Pues sí, querida mía —repuso su esposo—. Fui deprisa hasta muy lejos, sacrifiqué mi honor y he regresado. ¿Dónde está Louis?

—Por alli, sentado junto a la madriguera de una rata almizclera y soñando con esa hembra de cabeza de chorlito de la que está tan enamorado.

El cisne nadó hasta donde se hallaba su hijo y pronunció todo un discurso:

—Louis —declaró—, he hecho un viaje hasta las moradas de los hombres. He visitado una gran ciudad, rebosante de vida y de comercio. Mientras estuve allí, logré para ti un regalo que ahora te confío con todo mi amor y mi bendición. Aquí está, Louis, es una trompeta. Será tu voz, reemplazará a la que Dios no te dió. ¡Aprende a tocarla y la vida resultará para ti más fácil, hermosa y alegre! Con la ayuda de este instrumento serás por fin capaz de decir kuuh como cualquier otro cisne. El sonido de su música llegará a nuestros oídos. Podrás llamar la atención de hembras jóvenes y deseables. Aprende a tocarla y pronto conseguirás interpretar en su honor canciones de amor que les infundan entusiasmo, sorpresa y anhelos. Espero que te proporcionará la felicidad, Louis, y una vida nueva y mejor. La obtuve al precio de cierto sacrificio personal para mí mismo y para mi orgullo pero dejémoslo. La verdad es que no tenía dinero. Me llevé la trompeta sin pagarla. Y eso es deplorable. Pero lo que importa es que aprendas a tocar el instrumento.

Y tras decir esto, el padre se quitó la trompeta del cuello y la colgó del de Louis, junto a la pizarrita y el pedazo de tiza.

—¡Llévala con salud! —dijo— ¡Tócala feliz! ¡Que los bosques, las colinas y las ciénagas repitan los ecos de tu ilusión juvenil!

Louis hubiera debido manifestar su gratitud a su padre pero no era capaz de decir una palabra. Y sabía que de nada serviría escribir «Gracias» en la pizarrita porque, no habiendo sido instruido, su padre era incapaz de entenderlo. Así que Louis se limitó a inclinar la cabeza, agitar la cola y aletear. Por esos signos el padre supo que gozaba del cariño de su hijo y que a éste le agradaba el regalo de la trompeta.

CAPÍTULO 10

Problemas económicos

Louis era el cisne joven más popular en los lagos de Red Rock. Era también el mejor equipado. De su cuello no sólo colgaban ahora la pizarrita y la tiza sino también la trompeta. Las hembras jóvenes empezaban a fijarse en él porque tenía un aspecto por completo distinto del de los demás cisnes. Destacaba entre todos. Ninguno de los otros llevaba nada consigo.

Louis estaba encantado con la trompeta. Durante todo el primer día en que fue suya trató de obtener algún sonido. Pero no le resultaba fácil sostener la trompeta. Intentó diversas posiciones mientras doblaba su cuello y soplaba. Al principio no sonaba. Se esforzó una y otra vez, hinchando sus carrillos mientras su cara enrojecía.

«Esto va a ser duro», pensó.

Pero luego descubrió que, si sostenía su lengua de un cierto modo, podía conseguir que la trompeta emitiera un leve jadeo. No era un sonido muy agradable pero al menos se trataba de un ruido. Parecía como el escape de aire caliente de un radiador.

—Puuuuuf, puuuuuf —hacía la trompeta.

Louis siguió probando. Finalmente, al segundo día de intentos, logró una nota, una nota muy clara.

—¡Ku! —hizo la trompeta.

El corazón de Louis latió con más fuerza cuando la oyó. Un pato, que nadaba por allí cerca, se detuvo a escuchar.

—¡Ku!, Kuuuuuf —hacía la trompeta.

«Me llevará tiempo», pensó Louis, «desde luego no me haré trompetista en un día. Pero tampoco en un día se hizo Roma y conseguiré aprender a tocar esta trompeta aunque necesite todo el verano».

Louis tenía otros problemas además de esforzarse por aprender a tocar. En primer lugar sabía que su trompeta no había sido comprada sino robada. Aquello no le gustaba en modo alguno. Y además Serena, la hembra de la que estaba enamorado, había desaparecido. Había partido de los lagos en compañía de otros cisnes jóvenes y volando al norte hacia el río de las Serpientes. Louis temía no volver a verla. Así que se hallaba con el corazón destrozado, una trompeta robada y sin alguien que pudiera darle lecciones para aprender a tocarla.

Siempre que Louis se veía en apuros, pensaba en Sam Beaver. Sam le había ayudado antes; tal vez podría ayudarle también entonces. Y por si fuera poco, la primavera le llenaba de inquietud; sentía el anhelo de abandonar los lagos y volar a cualquier parte. Así que una mañana echó a volar y se dirigió al rancho de la comarca de Sweet Grass en donde vivía Sam.

Ya no le era tan fácil volar como antes. Si lo habéis intentado con una trompeta colgada del cuello y una pizarrita y una tiza balanceándose de un lado para otro, sabéis lo difícil que puede ser. Louis comprendió entonces las ventajas de viajar ligero, sin tantas propiedades pendientes del cuello. Sin embargo era un ave robusta y la pizarrita, la tiza y la trompeta significaban mucho para él.

Cuando llegó al rancho en donde vivía Sam, describió un círculo, planeó y, una vez en tierra, caminó hasta el granero. Allí encontró a Sam, cuidando de su caballo.

—¡Caramba, mira quién está aquí! —exclamó Sam— Con todo eso colgando del cuello pareces un viajante de comercio. Me alegra verte.

Louis apoyó la pizarra contra el pesebre del caballo.

«Estoy en apuros», escribió.

—¿Qué es lo que te sucede? —preguntó Sam— ¿Y en dónde conseguiste la trompeta?

«Ésa es la cuestión», escribió Louis. «Mi padre la robó. Me la dio porque soy mudo. La trompeta no ha sido pagada.»

Sam silbó entre dientes. Luego condujo el caballo hasta su pesebre, lo ató y se sentó en una bala de heno. Durante un rato observó al cisne sin pronunciar palabra. Finalmente dijo:

—Tienes un problema económico. Pero eso no es raro. Casi todo el mundo tiene problemas económicos. Lo que necesitas es un empleo. Luego podrás ahorrar de lo que ganes y cuando poseas dinero suficiente tu padre pagará la trompeta al hombre a quien se la robó. ¿De verdad eres capaz de tocarla?

Louis asintió. Se llevó la trompeta al pico.

—¡Ku! —hizo la trompeta.

El caballo se encabritó.

—¡Caray! —exclamó Sam— Eso suena muy bien. ¿Conoces otras notas?

Louis meneó la cabeza.

—Se me ocurre una idea —declaró Sam—. Este verano estoy contratado como monitor en un campamento de chicos en Ontario. Eso está en Canadá. Creó que podré conseguirte un empleo de corneta si eres capaz de aprender unas cuantas notas más. El campamento necesita alguien que toque. Hay que despertar a los chicos con la

diana. Luego tendrás que tocar unas cuantas notas más para llamarles a la hora de comer y de cenar. Y por la noche, cuando se acueste todo el mundo, haya desaparecido la luz, esté sereno el lago y los mosquistos se afanen en las tiendas picando a los chicos y éstos se adormilen en sus jergones, tocarás unas pocas notas más, muy suaves, dulces y tristes. Ése es el toque de silencio. ¿Quieres venir conmigo al campamento e intentarlo?

«Intentaré cualquier cosa», escribió Louis. «Necesito el dinero desesperadamente.»

Sam se echó a reír.

—De acuerdo —dijo—. El campamento empieza dentro de tres semanas. Eso te dará tiempo para aprender los toques de corneta. Te compraré un libro de música que te dirá cuáles son las notas.

Y así lo hizo Sam. Encontró un libro con los toques de corneta como los que emplean en el ejército. Y leyó las instrucciones a Louis:

—Ponte erguido. Coloca la trompeta perpendicular al cuerpo. No la inclines hacia abajo porque esa posición perjudica a los pulmones y además resulta impropia. El instrumento debe ser limpiado una vez a la semana para eliminar la saliva.

Cada tarde, cuando quienes acudían a montar al rancho del señor Beaver partían en grupos hacia las colinas, Louis practicaba con la trompeta. Muy pronto fue capaz de tocar diana, fajina y silencio. Éste era el que más le gustaba. Louis tenía un excelente oído y ansiaba convertirse en un buen corneta. «Un cisne trompetero», pensó, «tiene que ser un buen trompeta.» Además le agradaba la idea de conseguir un empleo y de ganar dinero. Tenía justo la edad para empezar a trabajar. Le faltaba poco para cumplir los dos años.

La noche antes de partir para el campamento, Sam guardó todo su equipo en una mochila. Metió allí zapatos de lona, mocasines y jerseys con unas palabras que decían por delante «Campamento Kukuskus». Envolvió su cámara fotográfica en una toalla y la guardó en la mochila. Y también metió sus útiles de pesca, su cepillo de dientes, el peine y el cepillo de la ropa, un suéter, su poncho y una raqueta de tenis. Guardó además un cuaderno, lápices, sellos de correos, un estuche de primeros auxilios y un libro en el que se explicaba cómo identificar las aves. Antes de ir a la cama abrió su diario y escribió:

Mañana es el último día de junio. Papá nos llevará a Louis y a mí en coche hasta el Campamento Kukuskus. Apostaría cualquier cosa a que será el único campamento del mundo con un cisne trompetero de corneta. Me agrada tener un empleo. Me gustaría saber lo que seré de mayor. ¿Por qué se estira un perro siempre que se despierta?

Sam cerró su diario, lo guardó en la mochila con todo lo demás, fue a la cama, apagó la luz y allí se quedó preguntándose por qué un perro se estira siempre que se despierta. A los dos minutos estaba dormido. Louis, en el granero, hacía ya mucho tiempo que dormía.

La mañana siguiente amaneció radiante. Louis colgó cuidadosamente de su cuello la pizarrita, la tiza y su trompeta y subió al asiento trasero del coche del señor Beaver. El coche era un descapotable y el señor Beaver bajó la capota. Sam se instaló delante, junto a su padre. Louis, apuesto, alto y blanco, permaneció muy erguido en el asiento trasero. La señora Beaver se despidió de Sam con un beso. Le dijo que fuese buen chico, que se cuidase, que no se ahogara en el lago, que no se peleara con los otros chicos, que no saliera cuando llovía y podía mojarse y que cuando hiciera frío no olvidara ponerse un jersey. Le recomendó además no perderse en el bosque, no comer demasiados dulces, no beber mucha gaseosa, no dejar de escribir a menudo a casa y no salir en canoa cuando soplase un viento fuerte en el lago.

Sam prometió seguir al pie de la letra sus recomendaciones.

—¡Vamos! —gritó el señor Beaver— ¡Adelante hacia Ontario!

Puso el motor en marcha e hizo sonar el klaxon.

—¡Adiós, mamá! —gritó Sam.

—¡Adiós, hijo! —gritó su madre.

El coche se dirigió hacia la salida principal del cercado. Justo cuando desaparecían de la vista, Louis se volvió en su asiento y se llevó la trompeta al pico.

—¡Kuuh! —tocó— ¡Kuuh, kuuh!

Fue un toque vibrante, claro y bello. Lo oyeron todos los que estaban en el rancho, que se quedaron pasmados del sonido de aquella trompeta. Jamás habían escuchado algo semejante. Les recordó lugares silvestres y cosas maravillosas, atardeceres, paisajes a la luz de la luna, cumbres montañosas, valles, solitarios arroyos y espesos bosques.

—¡Kuuh! ¡Kuuh! ¡Kuuh! —tocó Louis.

El sonido de la trompeta se extinguió. Los que se quedaban en el rancho prosiguieron su desayuno. Louis, camino de su primer empleo, se sintió tan excitado como el día en que aprendió a volar.

CAPÍTULO 11

El campamento Kukuskus

El campamento Kukuskus se hallaba junto a un pequeño lago, en lo más hondo de los bosques de Ontario. Allí no existían chalets de veraneo ni motores fuera borda ni carreteras por las que corriesen los coches. Era un lago en plena naturaleza, lo más indicado para unos chicos. El señor Beaver dejó a Sam y a Louis al final de un sendero de grava y ellos concluyeron en canoa su viaje hasta el campamento. Sam se sentó a popa y remó. A proa Louis, muy erguido, miraba hacia adelante.

El campamento consistía en una cabaña de troncos en donde todos comían, siete tiendas de campaña en donde dormíanlos chicos, un muelle por un lado y unas letrinas por el otro. El bosque lo envolvía todo pero había un calvero que había sido convertido en pista de tenis y numerosas canoas en las que hacer excursiones a otros lagos. Los chicos sumaban cuarenta.

Cuando Sam varó la canoa en una playa arenosa próxima al muelle, Louis saltó a tierra portando su pizarrita, su tiza y su trompeta. Unos veinte chicos corrieron hacia la orilla para ver lo que sucedía. Apenas pudieron dar crédito a sus ojos.

—¡Eh, mirad lo que hay aquí! —gritó uno de ellos.

—¡Un ave! —gritó otro— ¡Y qué *grande*!

Todo el mundo se arremolinó en torno de Louis, deseando echar un vistazo al recién llegado. Sam tuvo que apartar a algunos a un lado para evitar que aplastasen a Louis.

—¡Sopórtalo como puedas! —le imploró Sam.

Aquél día después de cenar el señor Brickle, director del campamento, hizo una gran hoguera frente a la cabaña principal. Lo chicos se reunieron alrededor. Cantaron, quemaron malvavisco y espantaron a los mosquistos. A veces no se podían entender las palabras de una canción porque los chicos cantaban con la boca llena de malvaviscos. Louis no se unió al grupo sino que permaneció a una cierta distancia de los chicos.

Al cabo de un rato el señor Brickle se puso en pie y se dirigió a los chicos y a los monitores.

—He de anunciaros que tenemos entre nosotros —dijo— a Louis el Cisne. Es un cisne trompetero, un ave rara. Podemos considerarnos afortunados con su presencia. Le he contratado con el mismo salario que pago a los monitores de segunda, cien dólares por la temporada. Es muy simpático, pero mudo. Ha venido de Montana en compañía de Sam Beaver. Louis es músico y como la mayoría de los músicos, no anda sobrado de dinero. Os despertará al amanecer con su trompeta; os llamará para comer y cuando os caigáis de sueño por la noche, tocará silencio para demostrar que la jornada ha concluido. Os prevengo que habréis de tratarle como a un compañero y con respeto; es capaz de asestar golpes terribles con esas alas. Y ahora tengo el gusto de presentaros a Louis el Cisne. ¡Saluda, Louis!

Louis se sintió muy avergonzado pero se acercó e hizo una reverencia. Luego se llevó la trompeta al pico y dio un toque. Cuando concluyó, de la otra orilla del lago les llegó el eco: kuuuu.

Los chicos aplaudieron. Louis hizo otra reverencia. Sam Beaver, sentado entre los demás y con la boca llena de malvaviscos, estaba encantado del triunfo de su plan. Cuando terminase el verano, Louis tendría cien dólares.

Un chico llamado Applegate Skiner se levantó.

—Señor Brickle —dijo—, no me interesan las aves. Jamás me gustaron.

—De acuerdo, Applegate —repuso el señor Brickle—, con que no te gusten las aves. Todo el mundo tiene derecho a que le agraden unas cosas y le desagraden otras. A mí, por ejemplo, no me gusta el helado de pistacho. Ignoro por qué, pero la verdad es que no me gusta. No olvides sin embargo que Louis es uno de tus monitores. Tanto si te agrada como si te desagrada, ha de ser tratado con respeto.

Entonces se levantó un chico que jamás había estado en un campamento.

—Señor Brickle —preguntó—, ¿por qué se llama a este campamento Kukuskus? ¿Qué significa Kukuskus?

—Es un nombre indio que sirve para designar al Gran Buho Cornudo.

El chico nuevo reflexionó por un minuto.

—¿Por qué no llamarlo entonces campamento del Gran Buho Cornudo en vez de campamento Kukuskus?

A lo que replicó el señor Brickle:

—Pues porque un campamento de chicos debe tener un nombre peculiar; de otro modo no parecería interesante. Kukuskus es un nombre impresionante. Bastante largo pero sólo con tres letras diferentes. Tiene dos eses, tres kas y otras tres úes. No encontrarás muchos nombres tan llamativos. Cuanto más impresionante el nombre, mejor el campamento. En cualquier caso, bienvenido al campamento Kukuskus.

—Y ahora ya es tiempo de que todo el mundo vaya a dormir. Mañana podréis bañaros antes del desayuno y no necesitais poneros los trajes de baño. Sencillamente abandonad el jergón cuando oigais la trompeta del cisne, quitaos el pijama, corred al muelle y zambullíos. Yo estaré allí antes que vosotros para dar mi famoso salto de espalda desde el trampolín. Me sirve de preparación tonificante para una dura jornada. ¡Buenas noches, Louis! ¡Buenas noches, Sam! ¡Buenas noches, Applegate! ¡Buenas noches, a todos!

La luz se extinguía. Los chicos se encaminaron hacia sus tiendas. Los monitores de primera se sentaron juntos en el porche de la cabaña y fumaron una última pipa.

Sam se deslizó bajo sus mantas en la tienda número tres. Louis se encaminó hacia una peña lisa que emergía junto a la orilla y aguardó. Cuando se apagaron todas las luces, se volvió de cara al campamento, se llevó la trompeta al pico y tocó silencio.

La última nota pareció prolongarse sobre las aguas quietas del lago. Desde sus lechos los chicos escucharon

Acaba el día, se fue el sol, del lago, de los montes, del cielo. Todo queda en paz, tranquilo y sereno. Dios está cerca

tan bellos sonidos. Se sentían adormilados, tranquilos y felices, todos menos Applegate Skinner, a quien no interesaba oír a aves a la hora de dormir. Pero hasta Applegate se quedó muy pronto dormido como los demás chicos de su tienda. Y roncaba. A menudo roncan aquellos a quienes no les agradan las aves.

Una honda paz cayó sobre el campamento Kukuskus.

CAPÍTULO 12

El salvamento

A Louis le gustaba dormir en el lago. Por la noche, después del toque de silencio, se dirigía a la playa arenosa que se extendía junto al muelle. Allí se desembarazaba de la pizarrita, la tiza y la trompeta y las ocultaba bajo una mata. Luego se zambullía en el agua. Tan pronto como penetraba en el lago, metía la cabeza bajo un ala. Se adormilaba, pensando en sus padres. Luego pensaba en Serena, en lo bella que era y en lo mucho que la quería. Muy pronto se quedaba profundamente dormido. Cuando amanecía, volvía a la orilla y tomaba un ligero desayuno de plantas acuáticas. Después se colgaba todas sus cosas, subía a la roca plana y tocaba diana. Al oír la trompeta, los chicos despertaban y corrían al muelle para nadar antes del desayuno.

Después de cenar los chicos solían jugar al balonvolea. A Louis le gustaba ese deporte. No era capaz de saltar con tanta rapidez como los chicos pero estiraba mucho su largo cuello y lanzaba la pelota al aire por encima de la red. Era muy difícil marcarle un tanto. Louis parecía capaz de devolver cualquier tiro. Cuando los chicos se distribuían por equipos antes de comenzar un partido, Louis era siempre el primero en ser elegido.

A los chicos les encantaba la vida de campamento en Ontario. Aprendieron a gobernar una canoa. Aprendieron a nadar. Sam Beaver les llevaba de marcha y les enseñó a permanecer callados, sentados en un tronco, observando a los animales terrestres y a las aves. Les mostró cómo andar por el bosque sin hacer ruido alguno. Les indicó en dónde hacía su nido el martín pescador, en un agujero junto a la orilla de un arroyo. Les enseñó una perdiz y sus polluelos. Cuando los chicos oyeron un suave *co-co-co-co*, Sam les dijo que estaban escuchando a un mochuelo no mayor que la mano de un hombre. A veces, en plena noche, todo el campamento se despertaba al oír los aullidos de un gato montés. Nadie llegó a ver un solo gato montés por el día durante todo el verano pero escuchaban sus alaridos por la noche.

Una mañana en que Sam jugaba al tenis con Applegate Skinner oyó un rechinamiento. Se volvió y reparó en una mofeta que salía del bosque. Había metido la cabeza en una lata y no podía ver por dónde iba. Se golpeaba contra árboles y piedras y los rechinamientos proseguían.

—Esa mofeta está en apuros —dijo Sam, dejando su raqueta en el suelo—. Fue al basurero en busca de comida. Metió la cabeza en una lata vacía y ahora no puede sacarla.

Por todo el campamento corrió rápidamente la noticia de la llegada de la mofeta. Los chicos acudieron veloces a verla. El señor Brickle les advirtió que no se acercasen demasiado porque la mofeta podía regarles con su perfume. Así que los chicos formaron un círculo a cierta distancia mientras se tapaban las narices.

El gran problema consistía en librar a la mofeta de la lata sin recibir el maloliente chorro.

—Hay que ayudarla —declaró Sam—. Esa mofeta morirá de hambre si no puede sacar la cabeza.

Los chicos formularon las más diversas sugerencias.

Uno dijo que debían hacer un arco y una flecha a la que atarían una cuerda. Tras lanzar la flecha contra la lata, tirarían de la cuerda y ésta se desprendería de la cabeza de la mofeta. Nadie se interesó mucho por el proyecto. Les pareció demasiado complicado.

A otro chico se le ocurrió que subieran dos a un árbol. A uno de ellos le sujetaría el otro de los pies; cuando la mofeta pasara bajo el árbol podría quitar la lata a la mofeta. Si ésta lanzaba el chorrito hediondo, no alcanzaría al chico puesto que se hallaba en el aire. A nadie interesó *semejante* idea. Al señor Brickle no le gustó en absoluto. Aseguró que era extremadamente impracticable y que no permitiría que se intentase.

Otro chico sugirió untar de pegamento un pedazo de madera. Cuando la mofeta tropezase con el pedazo, la lata se quedaría enganchada a la madera. Semejante idea tampoco interesó a nadie. El señor Brickle declaró que además no tenía pegamento.

Mientras todos decían lo que se les ocurría, Sam Beaver se dirigió tranquilamente a su tienda. Regresó al cabo de unos minutos con un largo palo y un sedal. Sam ató al palo un extremo del sedal. Luego hizo un lazo corredizo en el otro extremo. Después se subió al tejadillo del porche y advirtió a los demás chicos que no se acercaran demasiado a la mofeta.

El animal continuaba golpeándose con todo lo que hallaba a su paso. Era una escena lastimosa.

Sujetando el palo, Sam aguardó pacientemente en el tejadillo. Parecía un pescador que esperase a que picara un pez. Cuando la mofeta se acercó a la cabaña, Sam tendió el palo, colocó el lazo corredizo ante la mofeta, lo pasó por la lata y tiró con fuerza. El lazo se contrajo y se llevó la lata. Entonces la mofeta se volvió y lanzó su chorrito directamente al señor Brickle que retrocedió de un salto, tropezó y cayó al suelo. Todos los chicos se arremolinaron alrededor, tapándose las narices. La mofeta escapó hacia el bosque. El señor Brickle se levantó y se sacudió el polvo. El ambiente estaba cargado del hedor a mofeta. El señor Brickle olía también.

—¡Enhorabuena, Sam! —dijo el señor Brickle— Has ayudado a una criatura silvestre y has proporcionado al campamento Kukuskus un delicioso perfume de la naturaleza. Estoy seguro de que recordaremos por mucho tiempo este maloliente acontecimiento. No veo cómo podríamos olvidarlo.

—¡Kuuuh! —tocó Louis con su trompeta.

El lago devolvió el eco del sonido. El aire estaba invadido por el intenso olor almizclado de la mofeta. Los chicos saltaban y saltaban, tapándose las narices. Algunos se llevaban una mano al estómago, fingiendo que estaban a punto de vomitar. Entonces el señor Brickle anunció que ya era la hora del baño matinal.

—Un baño despejará la atmósfera —declaró mientras se dirigía a su cabaña para cambiarse de ropa.

Cada día, después de comer, los chicos regresaban a las tiendas para descansar un poco. Algunos leían libros. Otros escribían a sus casas, explicando a sus padres lo mala que era la comida. Otros simplemente se quedaban a charlar en sus jergones. Una de esas tardes los chicos de la tienda de Applegate comenzaron a gastarle bromas con su nombre.

—Applegate Skinner —dijo uno—, ¿a quién se le ocurrió ponerte un nombre tan raro como Applegate?

—Pues a mis padres —replicó Applegate.

Y como en inglés *apple* significa manzana, otro chico aseguró.

—Ya sé cuál es tu verdadero nombre: Applegate Acido Skinner. ¡Applegate Acido Skinner!

Los demás chicos aullaron al oírlo y dijeron a coro:

—¡Applegate Acido, Applegate Acido, Applegate Acido!

—¡A callar! —tronó el jefe de la tienda.

—No tiene gracia —afirmó Applegate.

—No se llama Applegate Acido —murmuró otro chico—. Su nombre es Applegate *Agusanado*. ¡Applegate Agusanado Skinner!

La ocurrencia fue acogida con risotadas.

—¡A callar! —tronó el jefe de la tienda—. Quiero silencio en esta tienda. ¡Dejad en paz a Applegate!

—¡Dejad en paz a Applegate *Podrido*! —cuchicheó otro chico.

Y algunos tuvieron que llevarse sus almohadas a la cara para disimular sus carcajadas.

Applegate estaba resentido. Cuando terminó el período de reposo se encaminó al muelle. No le gustaba que se rieran de él y quería hacer algo para calmarse. Sin decir nada a nadie, arrastró una canoa hasta el agua y empezó a remar lago adentro, rumbo a la orilla opuesta que estaba a cosa de un kilómetro y medio. Nadie le vio.

Applegate no tenía permiso para ir solo en una canoa. No había aprobado la prueba de natación. No había aprobado la prueba de piragüismo. Estaba faltando a una de las normas del campamento. Cuando llegó a unos cuatrocientos metros de la orilla, en aguas profundas, el viento cobró más fuerza. Las olas se hicieron más grandes. Ya era difícil gobernar la canoa. Applegate sintió miedo. De repente una ola arremetió contra la canoa y la hizo virar. Applegate se apoyó con fuerza en su paleta. Su mano resbaló y perdió el equilibrio. La canoa volcó y Applegate se vio en el agua. Sus ropas, empapadas, le pesaban terriblemente. Sus zapatos tiraban de él hacia el fondo y apenas conseguía mantener su cabeza fuera del agua. En vez de sujetarse a la canoa, empezó a nadar hacia la orilla. Evidentemente eso era una locura. Una ola le golpeó directamente en la cara y tragó mucha agua.

—¡Socorro! —chilló— ¡Socorro! Me ahogo. El campamento adquirirá mala fama si me ahogo. ¡Socorro! ¡Socorro!

Los monitores corrieron hacia el agua. Saltaron en barcas de remos y en canoas y se dirigieron a donde estaba aquel chico a punto de ahogarse. Un monitor se quitó los mocasines, se lanzó al agua y comenzó a nadar hacia Applegate. El señor Brickle corrió al muelle, subió al trampolín y dirigió desde allí la operación de rescate, gritando por medio de un megáfono.

—¡Agárrate a la canoa, Applegate! —gritó— ¡No abandones la canoa!

Pero Applegate ya había soltado la canoa. Se había quedado solo, agitándose y desperdiciando así sus fuerzas. Estaba seguro de que pronto se iría al fondo y se ahogaría. Se sentía débil y asustado. El agua había penetrado en sus pulmones. No podría resistir mucho tiempo.

En la primera barca que partió del muelle iba Sam Beaver. Y Sam, remaba con fuerza, sacando el máximo partido de sus músculos. Pero la perspectiva no parecía favorable para Applegate. Las barcas aun estaban muy lejos del chico.

Cuando se oyó en el campamento el primer grito de «Socorro», Louis doblaba una de las esquinas de la cabaña principal. Localizó a Applegate inmediatamente y reaccionó ante su llamada.

«No puedo *volar* hasta allí», pensó Louis, «porque estoy cambiando las plumas remeras y timoneras. Pero desde luego soy capaz de ir más rápido que esas barcas».

Se desembarazó de su pizarrita, su tiza y su trompeta y se lanzó al agua de improviso. Agitando sus grandes alas mientras nadaba con sus patas palmeadas, Louis avanzó por el agua. Un cisne, incluso en verano, cuando no es capaz de volar, puede alcanzar una gran velocidad en el agua. Las fuertes alas de Louis batían el aire. Sus patas agitaban las olas como si anduviera por encima del agua. En un instante dejó atrás a todas las embarcaciones. Cuando llegó a donde estaba Applegate buceó y luego metió su largo cuello entre las piernas del chico. Después retornó a la superficie con Applegate sobre su lomo.

Los que se hallaban en la orilla y en las barcas aplaudieron. Applegate se aferraba al cuello de Louis. Había sido salvado en un abrir y cerrar de ojos. Un minuto más y se habría hundido hasta el fondo. El agua habría llenado sus pulmones y habría muerto.

—¡Gracias a Dios! —gritó el señor Brickle a través de su megáfono— ¡Buen trabajo, Louis! ¡El campamento Kukuskus nunca olvidará este día! Está a salvo la reputación del campamento. Nuestro historial de seguridad sigue siendo intachable.

Louis no prestó atención a todos aquellos gritos. Nadaba muy atentamente hacia la lancha de Sam. Este tiró luego de Applegate hasta izarle y le ayudó a sentarse a popa.

—Ofrecías un aspecto muy curioso a caballo de un cisne —dijo Sam—. Suerte tienes de hallarte con vida. No estabas autorizado para salir solo en una canoa.

Pero Applegate se sentía demasiado asustado y húmedo para decir nada. Se limitó a permanecer sentado, con la vista fija hacia adelante mientras escupía agua y jadeaba.

Aquella noche, a la hora de cenar, el señor Brickle colocó a Louis a su derecha, en el sitio de honor. Cuando concluyeron, se levantó y pronunció un discurso.

—Todos vimos lo que sucedió en el lago hoy. Applegate Skinner desobedeció una de las normas del campamento, se fue solo en una canoa y naufragó. Estaba ahogándose cuando Louis, este cisne, se adelantó rápidamente a todos los demás, llegó a su lado, le sostuvo y salvó su vida. ¡Un aplauso para Louis!

Los chicos y los monitores se pusieron en pie. Aplaudieron, golpearon los platos con sus cucharas y vitorearon al cisne. Luego se sentaron. Louis parecía muy aturdido.

—Y ahora, Applegate —prosiguió el señor Brickle—, espero que el rescate te haya hecho cambiar de opinión sobre las aves. El primer día que estuviste en el campamento dijiste que no te interesaban las aves ¿Cómo te sientes ahora?

—Pues mal del estómago —replicó Applegate—. Cuando uno ha estado a punto de ahogarse se siente mal del estómago. Todavía hay muchísima agua en mi estómago.

—Sí. ¿Pero qué me dices de las aves? —preguntó el señor Brickle.

Applegate reflexionó por un momento.

—Bueno —confesó— estoy agradecido a Louis por haberme salvado la vida. Pero siguen sin atraerme las aves.

—¿De verdad? —dijo el señor Brickle— Qué extraño. ¿Continúan sin interesarte las aves aunque una te haya salvado de perecer ahogado? ¿Que es lo que tienes *contra* las aves?

—Nada —repuso Applegate—. No tengo nada contra ellas. Simplemente, no me interesan.

—De acuerdo —observó el señor Brickle—. Supongo que tendremos que dejarlo ahí. Pero el campamento se siente orgulloso de Louis. Es nuestro más revelante monitor, un gran trompetista, una gran ave, un espléndido nadador y un excelente amigo. Merece una medalla. En realidad pienso escribir una carta, recomendando que se le confiera la Medalla de Salvamentos.

El señor Brickle cumplió su palabra. Escribió una carta. Pocos días después llegó un hombre de Washington con la Medalla de Salvamento y, en presencia de todos los acampados, colgó la medalla del cuello de Louis, al lado de la trompeta, la pizarrita y la tiza. Era una magnífica medalla. Llevaba grabadas estas palabras:

**AL CISNE LOUIS, QUE CON
UN VALOR NOTABLE Y OLVIDÁNDOSE
POR COMPLETO DE SU PROPIA SEGURIDAD
SALVÓ LA VIDA DE APPLEGATE SKINNER**

Louis tomó la pizarrita y escribió: «Gracias por esta medalla. Es un gran honor».

Mas para sí pensó: «Empiezo a llevar demasiadas cosas colgadas del cuello. Conseguí una trompeta, conseguí una pizarrita, conseguí una tiza; y ahora me dan una medalla. Comienzo a parecer un "hippie". Confío en que aun sea capaz de volar cuando me salgan las nuevas plumas».

Aquella noche Louis interpretó el más bello toque de silencio que había logrado nunca. El hombre que había traído la medalla escuchó mientras le observaba. Apenas podía dar crédito a sus oídos y a sus ojos. Cuando regresó a la ciudad, contó a la gente lo que había visto y oido. Crecía la fama de Louis. Su nombre ya era conocido. Por todas partes la gente empezaba a hablar del cisne que sabía tocar la trompeta.

CAPÍTULO 13

El final del verano

Una trompeta tiene tres pistones. Son para los dedos del intérprete. Y ésta es su forma:

Presionándolos en el orden preciso, el intérprete puede lograr las diferentes notas de la escala musical. Louis se había fijado a menudo en esos tres pistones de su trompeta, pero nunca había sido capaz de emplearlos. Cada una de sus patas disponía de tres dedos hacia adelante pero, siendo un ave acuática, sus patas eran palmeadas. Esa membrana le impedía utilizar independientemente los tres dedos. Por fortuna los pistones de una trompeta no son necesarios para los toques de corneta, porque éstos representan simplemente combinaciones de *do, mi* y *sol* y el intérprete puede lograr *do, mi* y *sol* sin presionar ninguno de los pistones.

«Si fuese capaz de mover esos tres pistones con mis tres dedos», se dijo, «podría interpretar las músicas más diversas y no tan sólo toques de corneta: podría interpretar jazz; podría interpretar canciones "country"; podría interpetar rock; podría interpretar la gran música de Bach, Beethoven, Mozart, Sibelius, Gershwin, Irving Berlin, Brahms, de todos. Sería un trompetista y no simplemente un corneta de campamento. Incluso puede que fuese capaz de conseguir un puesto en una orquesta».

La idea le llenó de ambición. Louis amaba la música y además ya estaba pensando en el modo de ganar dinero una vez que hubiese terminado la acampada.

Aunque disfrutaba con la vida del campamento Kukuskus, Louis pensaba a menudo en su hogar, allí en los lagos de Red Rock en Montana. Se acordaba de sus padres, de sus hermanos y hermanas y de Serena. Se sentía terriblemente enamorado de Serena y con frecuencia se preguntaba qué habría sido de ella. Por las noches miraba a las estrellas y pensaba en su amada. Al atardecer, cuando resonaba en las aguas tranquilas del lago el croar de las grandes ranas, pensaba también en Serena. En ocasiones se sentía triste, solo y lleno de nostalgia. Su música era sin embargo un consuelo para él. Le encantaba el sonido de su propia trompeta.

El verano transcurrió veloz. El último día del campamento el señor Brickle llamó a todos sus monitores y les pagó lo que les debía. Louis recibió cien dólares; era el primer dinero que ganaba. Como carecía de cartera y de bolsillos, el señor Brickle metió los cien dólares en una bolsita impermeable que se cerraba con un cordón. Y se la colgó a Louis del cuello junto a la trompeta, la pizarrita, la tiza y la medalla.

Louis se dirigió a la tienda de Sam y lo halló empaquetando sus cosas. Entonces cogió su pizarrita y su tiza.

«Necesito otro empleo», escribió. «¿A dónde debo ir?»

Sam se sentó en su jergón y reflexionó unos instantes. Luego dijo.

—Vete a Boston. Tal vez consigas un empleo en la lancha del Cisne.

Louis nunca había estado en Boston y no tenía ni idea de lo que pudiera ser la lancha del Cisne, pero asintió. Luego escribió en su pizarrita:

«¿Quieres hacerme un favor?»

—Pues claro —replicó Sam.

«Coge una cuchilla de afeitar y corta la membrana de mi pata derecha para que pueda mover los dedos.»

Y le tendió la pata.

—¿Para qué quieres mover los dedos? —inquirió Sam.

—«Me será necesario en mi nueva actividad.»

Sam titubeó. Después pidió a uno de los monitores de más edad que le prestase una cuchilla de afeitar. Hizo un corte largo y recto entre el dedo interior y el medio de

Louis. Luego practicó otro corte entre el dedo medio y el exterior de Louis.

—¿Te duele?

Louis meneó la cabeza. Alzó la trompeta, colocó sus dedos en los pistones y tocó *do, re, mi, fa, sol, la, si, do, si, la, sol, fa, mi, re, do,* ¡Kuuh!

Sam sonrió.

—¡Pues claro que *te* contratará la lancha del Cisne! —dijo— Ahora eres un verdadero trompetista, pero sin la pata palmeada te resultará más difícil nadar. Tenderás a nadar en círculo, porque harás más fuerza con la pata izquierda que con la derecha.

«Me arreglaré», escribió Louis, «muchísimas gracias por la intervención quirúrgica».

Al día siguiente partieron los acampados. Las canoas habían quedado guardadas en bastidores dentro de la cabaña. La balsa había sido varada en la playa. Cegaron con maderas las ventanas de la cabaña para que no penetrasen los osos ni las ardillas; guardaron en bolsas de cremallera los jergones y todo quedó listo y dispuesto para el largo y silencioso invierno. El único en quedarse fue Louis. Sus plumas remeras y timoneras crecían con rapidez pero aun no podía volar. Decidió permanecer en el campamento hasta que fuese de nuevo capaz de volar. Entonces se dirigiría a Boston.

El lago estaba muy solitario sin los chicos, pero a Louis no le molestaba la soledad. Descansó tranquilamente durante las tres semanas siguientes. Dejó que crecieran sus plumas remeras y timoneras, pensó en Serena día y noche y practicó con la trompeta. Había oído música durante todo el verano —algunos de los chicos tenían radios y casettes— y entonces se ejercitó con la trompeta en la interpretación de aquellas canciones. Mejoraba cada día. Llegó incluso a componer una canción de amor a Serena y escribió en su pizarrita la letra y la música.

Oh, siempre en la verde primavera
escondido en la orilla, amor mío,
cuán larga me parece la espera

Estaba pensando realmente en Serena pero prefirió no mencionar su nombre.

Ahora su plumaje era muy bello y se sentía en plena forma. El veintiuno de septiembre probó sus alas. Con gran alegría por su parte lo alzaron del suelo y Louis surcó los aires. La trompeta chocó contra la pizarrita, la pizarrita chocó contra la bolsa del dinero, la medalla de salvamento tropezó con la tiza, pero Louis se hallaba de nuevo en las alturas. Subió y subió y puso rumbo a Boston.

«Volar es ahora mucho más difícil que cuando no tenía todas estas cosas», pensó Louis. «Realmente el mejor modo de viajar es viajar ligero de equipaje. Aunque, por otra parte, he de *tener* estas cosas. He de tener la trompeta si quiero que Serena llegue a ser mi esposa; he de llevar el monedero para guardar el dinero con que pagar lo que debe mi padre. He de llevar la pizarrita y la tiza para poder comunicarme con las personas. Y debo lucir la medalla puesto que verdaderamente salvé una vida y si no la llevo la gente podría pensar que soy un desagradecido.»

Y continuó volando rumbo a Boston, capital de Massachusetts y ciudad famosa por su bacalao, la rebelión contra los ingleses y la Lancha del Cisne.

CAPÍTULO 14

Boston

A Louis le gustó Boston en cuanto lo vió desde el aire. Muy por debajo de él corría un río. Cerca del río había un parque. En el parque había un lago. En el lago había una isla. En la orilla había un muelle. Amarrada al muelle había una embarcación en forma de cisne. El lugar parecía ideal. Cerca existía incluso un espléndido hotel.

Louis describió dos círculos, luego descendió planeando hasta llegar al lago. Varios patos que por allí nadaban alzaron la cabeza para observarle. El parque recibía el nombre de Jardín Público. En Boston todo el mundo lo conoce y acude hasta allí a sentarse en los bancos al sol, a pasear, a dar de comer a las palomas y a las ardillas o a montar a la lancha del Cisne. Un paseo cuesta veinticinco centavos por adulto y quince centavos por niño.

Tras descansar un rato y comer un poco, Louis nadó hasta el muelle y subió a la orilla. El hombre que despachaba billetes para los paseos en la Lancha del Cisne pareció sorprendido al ver a un cisne tan grande que llevaba tantas cosas colgadas del cuello.

—¡Hola! —dijo el barquero.

Louis alzó su trompeta.

—¡Kuuh! —replicó.

Al oír aquel sonido se volvieron a mirar todas las aves del parque. El barquero dio un salto. Los residentes en Boston hasta más de un kilómetro a la redonda alzaron la vista y se preguntaron:

—¿Qué ha sido *eso*?

En Boston nadie había oido jamás a un cisne trompetero. El sonido causó una gran impresión. Quienes desayunaban tarde en el Hotel Ritz de la calle Arlington apartaron los ojos del plato. Camareros y botones se preguntaron:

—¿Qué ha sido *eso*?

El encargado de la lancha del Cisne fue probablemente el que más se sorprendió en todo Boston. Examinó la trompeta de Louis, su monedero, su medalla de salvamento, su pizarrita y su tiza. Luego preguntó a Louis qué era lo que quería. Louis escribió en su pizarrita:

«Tengo una trompeta. Necesito trabajo.»

—Muy bien —dijo el barquero—. Pues ya lo has conseguido. Dentro de cinco minutos parte una lancha para dar un paseo por el lago. Tu trabajo consistirá en nadar por delante de la embarcación, abriendo camino mientras tocas la trompeta.

«¿Cuál será mi salario?», inquirió Louis en la pizarrita.

—Ya hablaremos de eso más tarde, cuando veamos cómo te desenvuelves —declaró el barquero—. Esta es sólo una prueba.

Louis asintió. Ordenó sus cosas entorno a su cuello, entró tranquilamente en el agua, se situó a unos metros delante de la lancha y aguardó. Se preguntó qué sería lo que impulsaría a la embarcación. No podía ver ningún motor fuera borda y no había remos. En la parte delantera de la lancha se extendían los bancos para los pasajeros. A popa se alzaba una estructura con la forma de un cisne.

100

Estaba hueca. Dentro había un sillín como el de una bicicleta. Y vió también dos pedales iguales a los de una bici.

Cuando todos los pasajeros estuvieron a bordo, apareció un joven. Subió a la popa de la embarcación, se instaló en el sillín que había dentro de la estructura en forma de cisne y empezó a pedalear como si montara una bicicleta. Entonces comenzó a girar una rueda de paletas. El barquero soltó amarras y con el pedaleo del joven, la lancha del Cisne avanzó lentamente por el lago. Louis abría camino, impulsándose con la pata izquierda mientras que con la derecha sujetaba la trompeta.

—¡Kuuh! —hacía la trompeta de Louis. El sonido fue fuerte y claro e impresionó a todos. Luego, comprendiendo que debería tocar algo apropiado, Louis interpretó una canción que había oído cantar a los chicos del campamento.

> *Rema, rema, rema en tu lancha*
> *Poco a poco, aguas abajo*
> *Feliz, feliz, feliz, felizmente.*
> *La vida es sólo un sueño*

Los pasajeros de la lancha del Cisne estaban locos de alegría y de interés. ¡Un auténtico cisne que tocaba una trompeta! La vida era un sueño. ¡Pues claro! ¡Vaya fiesta! ¡Qué divertido! ¡Qué placer!

—¡Menuda sorpresa! —gritó un chico en el primer banco—. Este cisne es tan bueno como Louis Armstrong, el famoso trompetista. Le llamaré Louis.

Cuando Louis oyó aquello, se acercó nadando al costado de la lancha, tomó su tiza con el pico y escribió.

«Es mi verdadero nombre.»

—¿Pero qué es esto? —gritó el chico— Este cisne sabe *escribir*. ¡Venga un aplauso!

Los pasajeros le ovacionaron. Louis volvió a situarse por delante, abriendo camino. Lenta y majestuosamente, la lancha dio la vuelta a la isla. Louis tocó con su trompeta «Dulce en mi mente». Era una encantadora mañana de septiembre, cálida y brumosa. Los árboles comenzaban a lucir sus colores de otoño. Louis tocó después «El viejo del río».

Cuando atracó la lancha del Cisne y desembarcaron los pasajeros, aguardaban largas colas de personas dispuestas a subir a bordo para el siguiente paseo. El negocio florecía. Estaban preparando otra lancha para acomodar a tanta gente. Todo el mundo quería navegar en las lanchas del Cisne tras un auténtico cisne que tocaba una trompeta. Era el acontecimiento más grande de Boston en mucho tiempo. La gente *gusta* de los hechos extraños y de los acontecimientos curiosos y la lancha del Cisne, con Louis a la cabeza, se convirtió de repente en la atracción más popular de Boston.

—Estás contratado —dijo el barquero cuando Louis saltó a la orilla—. Contigo tocando la trompeta, puedo doblar mi negocio. Puedo triplicarlo. Puedo cuadruplicarlo. Puedo quintuplicarlo. Puedo... puedo... puedo sextuplicarlo. En cualquier caso, tendrás un empleo fijo.

Louis alzó su pizarrita:

«¿Qué salario?», preguntó.

El barquero observó al gentío que aguardaba subir a bordo.

—Cien dólares a la semana —repuso—. Te pagaré cien dólares todos los sábados si nadas delante de las lanchas y tocas la trompeta. ¿De acuerdo?

Louis asintió con la cabeza. El hombre pareció complacido pero extrañado.

—Si no es demasiado preguntar —declaró el barquero—, ¿te importaría decirme por qué te interesa tanto el dinero?

102

«Como a todo el mundo», replicó Louis en su pizarrita.

—Sí, lo sé —dijo el barquero—. A todo el mundo le gusta el dinero. Este es un mundo de locos. Pero lo que quería saber es por qué necesita dinero un *cisne*. Para comer te basta con meter la cabeza en el agua y arrancar plantas sabrosas del fondo del lago. ¿Para qué quieres el dinero?

Louis escribió en su pizarrita:

«Tengo una deuda.»

Y pensó en su pobre padre que robó la trompeta y en el pobre dueño de la tienda de Billings que había sido robado y cuyo establecimiento había sufrido algunos daños. Louis sabía que tenía que seguir ganando dinero hasta que pudiera pagar lo que debía.

—Muy bien —dijo el barquero, dirigiéndose a la multitud—. Este cisne afirma que tiene una deuda. ¡Todos a bordo para el próximo paseo!

Y empezó a vender billetes.

El barquero poseía varias lanchas, todas con la forma de cisne. Muy pronto se llenaron todas. Afluía el dinero.

Las lanchas del Cisne dieron vueltas por el lago durante todo el día, cargadas de gentes felices entre quienes abundaban los niños. Louis tocaba la trompeta como jamás hasta entonces. Le gustaba el empleo. Le agradaba distraer al público. Y amaba la música. El barquero no cabía en sí de gozo.

Cuando concluyó la jornada y las lanchas hicieron su último viaje, el barquero se acercó a Louis, que en la orilla arreglaba sus cosas.

—Te has portado espléndidamente —declaró el barquero—. Eres un buen cisne. Me hubiera gustado haberte conocido hace mucho tiempo. ¿Y en dónde piensas pasar la noche?

«Aquí, en el lago», escribió Louis.

—Pues no sé —observó incómodo el hombre—. Es muchísima la gente que siente curiosidad por ti. Pueden crearte problemas. Y es posible que te acosen los gamberros. No confío en los que vagan por este parque de noche. Y hasta pueden secuestrarte. No quiero perderte. Creo que te llevaré al Hotel Ritz Carlton y pediré una habitación para que pases la noche. Así puedes estar seguro de volver mañana por la mañana.

A Louis no le entusiasmaba la idea pero aceptó. Pensó: «Bueno, nunca *pasé* una noche en un hotel. Quizá sea una experiencia interesante». Así que fue con el barquero. Abandonaron el parque, cruzaron la calle Arlington y entraron en el vestíbulo del Ritz. Para Louis había sido un día largo y cansado pero le aliviaba saber que tenía un buen empleo y que, como músico, podría ganar dinero en Boston.

CAPÍTULO 15

Una noche en el Ritz

Cuando el empleado de la recepción del Hotel Ritz vio entrar en el vestíbulo al barquero, seguido por un cisne blanco y enorme con un negro pico, no le gustó en absoluto. El empleado era un individuo muy bien vestido y muy bien peinado. El barquero se acercó resueltamente al mostrador.

—Quiero una habitación individual para que pase la noche mi amigo —declaró el barquero.

El empleado meneó la cabeza.

—No es posible —dijo—. En el Ritz no se admiten aves.

—Ustedes admiten celebridades. ¿No es cierto?

—Pues claro —replicó el empleado.

—Usted admitiría a Richard Burton y a Elizabeth Taylor, si quisieran pasar aquí la noche.

—Naturalmente —repuso el empleado.

—Admitiría a la reina Isabel. ¿Verdad?

—Naturalmente.

—Pues bien —afirmó el barquero—, mi amigo es una celebridad. Es un famoso músico. Esta tarde ha causado sensación en el Jardín Público. Supongo que habrá oído la conmoción. Es un cisne trompetero y toca como el gran Armstrong.

El empleado observó con suspicacia a Louis.

—¿Tiene equipaje? —inquirió el empleado.

—¿*Equipaje*? —gritó el barquero— ¡Échele una *mirada*! ¡Observe todo lo que lleva consigo!

—Pues no sé —declaró el empleado, fijándose en todas las propiedades de Louis, su trompeta, su monedero, su pizarrita, su tiza, su medalla de salvamento—. Un ave es un ave. ¿Cómo estar seguro de que no tiene piojos? Las aves tienen a menudo piojos. El Ritz no admitiría a nadie que tuviese piojos.

—¿Piojos? —rugió el barquero— ¿Ha conocido en toda su vida a un cliente más limpio? ¡Mírele! Está inmaculado.

Al oír aquello, Louis alzó su pizarrita para que la viese el empleado.

«Sin piojos», escribió.

El empleado se mostró sorprendido. Empezaba a debilitarse su decisión.

—Tendré que proceder con cuidado —dijo al barquero—. Usted afirma que es una celebridad. ¿Cómo sé *yo* que es famoso? Bien pudiera estar mintiéndome.

En aquel momento entraron tres niñas en el vestíbulo. Se reían y alborotaban. Una de ellas señaló a Louis.

—¡Allí está! —chilló— ¡Allí está! Conseguiré su autógrafo.

Las niñas corrieron hacia Louis. La primera tendió un cuadernito y un lápiz.

—¿Puede darme su autógrafo? —preguntó.

Louis tomó el lápiz. Muy serio, escribió «Louis» en el cuadernito.

Más chillidos, más risitas y las chicas se alejaron. El empleado había observado la escena sin decir palabra.

—¿Qué? —inquirió el barquero— ¿Es una celebridad o no lo es?

El empleado titubeaba. Empezaba a pensar que tendría que dar una habitación a Louis.

En aquel momento Louis tuvo una idea. Alzó su trompeta y comenzó a tocar una antigua canción que se llamaba «Hay un pequeño hotel».

Hay un pequeño hotel que te acoge bien

Era una canción muy bella. Los huéspedes que pasaban por el vestíbulo se detenían a escuchar. El empleado se apoyó con los codos sobre el mostrador y escuchó atentamente. El hombre del puesto de periódicos alzó los ojos y escuchó. Las personas que estaban sentadas en el bar de arriba dejaron sus cócteles sobre las mesas y escucharon. Los botones observaban y escuchaban. Durante unos minutos, mientras Louis tocaba, todos los que pasaban por el vestíbulo se detuvieron. Encantó a todo el que le oyó. Las camareras que arreglaban las habitaciones interrumpieron su trabajo para escuchar la trompeta. Fue un instante realmente mágico. Cuando la canción concluyó, quienes conocían la letra, la cantaron quedamente.

Cuando de la campana el sonido aquel
nos dice «Buenas noches, dormid bien»,
nos sentimos dichosos en el pequeño hotel

—¿Qué le parece eso? —preguntó el barquero, sonriendo al empleado— ¿Es músico este cisne o no lo es?

—Toca muy bien la trompeta —reconoció el empleado—. Pero hay otra pregunta que me cuesta trabajo hacerle. ¿Qué me dice de sus hábitos personales? ¿Ensuciará toda la habitación? Bastante malos son ya los actores. Los músicos resultan peores. No puedo permitir que una gran ave ocupe una de nuestras camas... podría arruinarnos... se quejarían otros clientes.

«Yo duermo en el baño», escribió Louis en su pizarrita. «No tocaré la cama.»

El empleado se revolvió incómodo.

—¿Quién va a pagar la cuenta?

—Yo —replicó el barquero—. Estaré aquí mañana temprano cuando Louis abandone la habitación.

Al empleado no se le ocurrieron más razones para impedir que un cisne se alojara en el hotel.

—Muy bien —dijo—. ¡Firme aquí, por favor!

Y entregó a Louis un lápiz y una tarjeta.

Louis escribió:

Cisne Louis
Lagos de Red Rock
Montana

El empleado lo estudió. Pareció al fin satisfecho. Llamó a un botones y le dio una llave.

—Lleva a este caballero a su habitación —le ordenó.

Louis se quitó su medalla, su trompeta, su pizarrita, su tiza y su monedero y los entregó al botones. Juntos se dirigieron a los ascensores. El barquero se despidió.

—¡Duerme bien, Louis! —declaró el barquero—. ¡Y disponte a trabajar temprano por la mañana!

Louis asintió. Se abrió la puerta del ascensor.

—¡Por aquí, señor! —dijo el botones.

Entraron en el ascensor y aguardaron a que se cerrase la puerta. El ambiente estaba muy perfumado. Louis se quedó muy quieto. Luego sintió cómo subía el ascensor. Se detuvo en el séptimo piso y el botones condujo a Louis a una habitación, la abrió con llave y le dejó pasar.

—¡Aquí está, señor! —dijo— ¿Quiere que abra una ventana?

El botones depositó el equipaje de Louis, encendió unas cuantas luces, abrió una ventana y dejó la llave sobre la cómoda. Entonces aguardó.

«Supongo que quiere una propina», pensó Louis. Así que fue en busca de su monedero, aflojó el cordón y extrajo un dólar.

—Muchas gracias, señor —dijo el botones al recibir el dólar.

Salió y cerró silenciosamente la puerta tras de sí. Louis se quedó solo al fin, solo en una habitación del Ritz.

Louis jamás había pasado una noche en un hotel. Examinó primero la habitación entera, encendiendo y apagando todas las luces y fijándose en cada detalle. En el escritorio encontró unas cuantas hojas de papel de carta que decían:

Ritz Carlton
BOSTON

Se notaba desarreglado y sucio, así que se dirigió al cuarto de baño, se metió en la bañera, tiró de la cortina de la ducha y se lavó a conciencia. Entonces se sintió a gusto y recordó las luchas en el agua con sus hermanos y hermanas. Tuvo mucho cuidado de no salpicar. Cuando acabó, permaneció quieto un rato, admirando la alfombrilla, mientras se ordenaba las plumas. Entonces advirtió que tenía hambre.

En una pared del dormitorio encontró un botón que decía CAMARERO. Louis acercó su pico al botón y apretó con fuerza. Al cabo de unos minutos llamaron a la puerta y entró un camarero. Estaba muy bien vestido y trató de no revelar su sorpresa al encontrar a un cisne en la habitación.

111

—¿Quiere que le traiga algo? —preguntó.

Louis tomó su tiza.

«Por favor, doce bocadillos de berro», escribió en la pizarrita.

El camarero reflexionó por un momento.

—¿Espera invitados? —preguntó.

Louis negó con la cabeza.

—¿Y desea usted *doce* bocadillos de berro?

Louis asintió.

—Muy bien, señor —declaró el camarero—. ¿Los quiere con mayonesa?

Louis ignoraba a qué sabía la mayonesa, pero se decidió rápidamente. Borró la pizarrita y escribió.

«Uno con. Once sin.»

El camarero se inclinó y salió de la habitación. Regresó media hora más tarde con una mesita de ruedas en la que traía una gran fuente de bocadillos de berro junto con un plato, un cuchillo, un tenedor, una cuchara, sal y pimienta, un vaso de agua y una servilleta de lino muy bien plegada. También había un plato de mantequilla con varios pedazos cubiertos de hielo machacado. El camarero lo dispuso todo con mucho cuidado y luego entregó a Louis una factura para que la firmase. La factura decía:

12 bocadillos de b.: $18,00

«¡Dios mío!», pensó Louis. «Qué caro es este sitio. Espero que el barquero no se enfade cuando vea mañana en la cuenta lo que costó la cena.»

Tomó el lápiz que le ofrecía el camarero y firmó la factura: «Cisne Louis».

El camarero recogió la cuenta y se quedó allí, aguardando.

«Supongo que quiere una propina», pensó Louis.

Así que abrió de nuevo su monedero, extrajo dos dóla-

res y los entregó al camarero, quien le dio las gracias, se inclinó de nuevo y se marchó.

Como un cisne tiene el cuello tan largo, la mesa poseía justamente la altura adecuada para Louis. No necesitaba una silla y cenó de pie. Probó el bocadillo con mayonesa y decidió que no le gustaba la mayonesa. Luego abrió con cuidado cada uno de los bocadillos. Lo que realmente quería era el berro. Apiló la rebanadas en dos montoncitos, vertió el berro en el plato y cenó con placer. No tocó la mantequilla. Cuando sintió sed, en vez de beber del vaso, fue al cuarto de baño, llenó el lavabo con agua fría y bebió de allí. Luego tomó su servilleta, se secó el pico y apartó la mesa hacia un rincón. Entonces se sintió mucho mejor.

Hallarse a solas en la habitación de un hotel proporciona a una persona sensación de comodidad y la impresión de ser alguien importante. Louis estaba muy a gusto. Pero pronto empezó a pesarle la soledad. Pensó en Sam Beaver. Pensó en el campamento Kukuskus. Pensó en su padre, en su madre, en sus hermanas y hermanos, allá en Montana. Pensó en Serena, a la que tanto quería, y se preguntó qué sería de ella. Se acordó entonces de la letra de la canción que había interpretado en el vestíbulo.

Hay un pequeño hotel que te acoge bien.
Qué felices podríamos ser tú y yo
Juntos en el pequeño hotel.

¡Qué maravilloso sería, pensó, que Serena pudiese estar en el Ritz para disfrutar juntos del hotel!

El camarero había dejado sobre una mesa el periódico vespertino. Louis echó un vistazo a la primera página. Con gran sorpresa por su parte contempló una fotografía suya en el lago del Jardín Público con la lancha del Cisne. Leyó los grandes titulares.

BOSTON ENLOQUECE CON LA TROMPETA DEL CISNE

En el reportaje se leía:

«Hay una nueva ave en la ciudad. Se llama Louis. Es un cisne trompetero que en realidad toca la trompeta. Por increíble que pueda parecer, esta singular y bella ave acuática ha aceptado un empleo en la empresa de la lancha del Cisne en el Jardín Público y ameniza los paseos por el lago con su espléndida trompeta. Esta tarde, después de su llegada, se congregó un gentío a la orilla del agua y en muchas zonas de Boston pudieron oírse las suaves notas de su instrumento...»

Louis leyó el reportaje hasta el final y luego lo arrancó del resto del periódico. «Sam Beaver debe enterarse de esto», pensó. Louis tomó una pluma y una hoja de papel de cartas del escritorio. Esto es lo que escribió:

Querido Sam:

Estoy pasando la noche en el Ritz, rodeado de toda clase de comodidades. Tenías razón acerca de Boston. Es muy agradable. Pude encontrar trabajo apenas llegué. He sido contratado por la lancha del Cisne con un salario de cien dólares a la semana. Puede que te interese leer este recorte del periódico de hoy. Si todo va bien, pronto tendré dinero suficiente para pagar la deuda de mi padre con la tienda de instrumentos musicales y entonces seré dueño legítimo de la trompeta. Confío en que, tocando apasionadamente, causaré una impresión favorable a la hembra joven de la que estoy enamorado. Entonces todo el mundo será feliz: mi padre recobrará su honor, al establecimiento de instrumentos musicales se le devolverá su dinero y podré casarme. Espero que estés bien. Te echo de menos. La habitación de un hotel, aunque lujosa, puede ser un lugar muy solitario.

Tu amigo
Louis

115

Louis escribió en el sobre el nombre y la dirección de Sam, dobló la carta y la introdujo con el recorte del periódico. Encontró en su monedero un sello de seis centavos. Cerró el sobre, pegó el sello y echó la misiva en un buzón que había en el pasillo junto a la puerta de su habitación. «Ahora me iré a dormir», pensó.

Se dirigió al cuarto de baño, utilizó la taza y luego llenó la bañera de agua fría. No podía apartar a Serena de su mente ¡Qué maravilloso sería si ella estuviese allí! Antes de disponerse a dormir, tomó su trompeta y tocó la canción que había compuesto en su honor cuando estaba en Ontario:

Oh, siempre en la verde primavera,
escondido en la orilla, amor mío,
cuán larga me parece la espera.

Trató de no hacer demasiado ruido, pero un minuto después sonó el teléfono. Louis lo descolgó y se lo llevó al oído.

—Lo siento, señor —dijo una voz— pero tengo que rogarle que se calle. El Ritz no permite a sus clientes tocar instrumentos de viento en los dormitorios.

Louis colgó el teléfono y dejó la trompeta. Luego apagó las luces, se metió en la bañera, dobló hacia la derecha su largo cuello, apoyó la cabeza en su lomo y metió el pico bajo el ala. Allí se quedó, flotando en el agua con la cabeza sobre sus suaves plumas. Pronto se durmió y soñó con los pequeños lagos del norte en primavera y con Serena, su gran amor.

CAPÍTULO 16

Filadelfia

Durante toda la última semana de septiembre Louis trabajó en el Jardín Público de Boston al servicio del hombre de la lancha del Cisne. Fue un gran éxito y estaba haciéndose famoso. Al llegar el sábado el barquero le entregó cien dólares en metálico, que Louis guardó cuidadosamente en su monedero. Tras haber abonado la cuenta de su primera noche en el Ritz Carlton, el barquero decidió permitir a Louis que durmiese en el parque en vez de continuar en el hotel. Y Louis lo prefirió así. Dormía con los patos y ánades del lago, flotando ligero sobre las aguas, con la cabeza metida bajo el ala.

Louis cuidaba mucho de su trompeta. La conservaba reluciente y una vez a la semana la limpiaba de saliva. Siempre que podía, aprendía nuevas canciones, escuchando las radios de la gente o yendo a conciertos. Tenía una gran facilidad para recordar las melodías que oía. Era un músico nato.

Una de las canciones que más le gustaban era «Bella Durmiente, despierta». Cuando la tocaba pensaba en Serena y al concluir su interpretación siempre aplaudían entusiasmados los pasajeros de la lancha del Cisne. A Louis le agradaban los aplausos. Al oírlos se sentía alegre y animado.

En ocasiones, al final de la tarde, Louis tocaba «Ahora que el día concluye». Era la suya una interpretación dulce y triste.

Una tarde, cuando encabezaba el último paseo del día, tocó la «Canción de cuna» de Brahms. Los pasajeros cantaron la letra:

Duér-me-te y buenas noches, en-tre ro-sas, mi ni-ño

Un chico sentado en el primer banco de la embarcación empuñó una escopeta de aire comprimido que llevaba escondida bajo su chaqueta y comenzó a disparar perdigones contra la trompeta de Louis. Siempre que acertaba a la trompeta, ésta resonaba. De ese modo la «Canción de cuna» salio más o menos así:

> Duér-me-te (ping)
> y buenas noches (ping)
> en-tre ro-sas, mi ni-ño (ping)

Los chicos de la lancha rompieron a reír cuando oyeron esto, pero los pasajeros mayores se enfadaron. Uno de ellos se apoderó de la escopeta del chico. Otro, de vuelta a su casa aquella noche, escribió al *Boston Globe* exigiendo una ley que ejerciera un mayor control de las armas.

A veces, al caer la tarde, la gente se reunía a la orilla del lago para escuchar a Louis su interpretación del toque de silencio. Era una escena maravillosa e inolvidable. La lancha del Cisne jamás había disfrutado de semejante popularidad ni conseguido tanto dinero en beneficio de su propietario. Pero Louis sabía que las embarcaciones no podrían navegar en el invierno. Dentro de unos días sacarían las lanchas del agua y las guardarían hasta la primavera. Un día, cuando Louis aguardaba a que subieran a la lancha los pasajeros, apareció en bicicleta un chico de Telégrafos.

—Traigo un telegrama para el cisne —dijo.

El barquero pareció sorprendido pero recogió el telegrama y lo entregó a Louis quien lo abrió al instante. Era de un hombre de Filadelfia. El telegrama decía:

PUEDO OFRECERLE QUINIENTOS DÓLARES
SEMANA POR ACTUAR NIGHT CLUB.
CONTRATO DIEZ SEMANAS.
RUEGO CONTESTACIÓN.
(Firmado) ABE («Lucky») LUCAS

HOTEL NEMO

Louis hizo unos cálculos rápidos. Quinientos dólares a la semana durante diez semanas suponían cinco mil dólares. Con cinco mil dólares pagaría con facilidad la deuda contraída por su padre con la tienda de instrumentos musicales.

Tomó su pizarrita y escribió:

OFERTA ACEPTADA. LLEGO MAÑANA.
DESCENDERÉ LAGO DE LAS AVES EN EL ZOO.
CUATRO CINCUENTA Y DOS TARDE.
CONFÍO HORA LE VENDRÁ BIEN.

Louis mostró el mensaje al chico de Telégrafos, quien lo copió en un impreso de telegramas.

«A cargo del destinatario», escribió Louis.

El chico asintió y partió en su bicicleta. Louis regresó al agua, soltaron las amarras de la embarcación y Louis abrió la marcha. Sabía que iniciaba su última actuación con la lancha del Cisne y se sintió un poco triste. Era una tarde de domingo tibia y tranquila, el último domingo de septiembre. Louis interpretó todas sus melodías preferidas: «Río perezoso», «Bella Durmiente», «Oh, siempre en la verde primavera», «Ahora que el día concluye» y luego, cuando la lancha se acercaba al muelle, alzó su trompeta y tocó silencio.

La última nota rebotó en los muros del Ritz y persistió sobre el Jardín Público. Fue un adiós melancólico. Para las gentes de Boston significaba el final del verano. Para el barquero significaba el final de la semana de mayores ingresos que había conocido nunca. Para Louis significaba la conclusión de otro capítulo de su vida aventurera por el mundo, tratando de ganar dinero suficiente para superar los apuros tanto de su padre como de él. Louis durmió tranquilamente aquella noche. Al día siguiente voló a Filadelfia para reunirse con el señor Lucas, el hombre que le había enviado el telegrama.

A Louis no le fue difícil encontrar Filadelfia. Casi todo el que lo intente puede encontrarla. Louis simplemente se alzó en el aire con todas sus cosas colgadas del cuello y cuando estuvo a unos trescientos metros del suelo siguió las vías del ferrocarril a Providence, New London, New Haven, Bridgeport, Stamford, Cos Cob, Greenwich, Port Chester, Rye, Mamaroneck, New Rochelle, Pelham, Mount Vernon y el Bronx. Cuando divisó el edificio neoyorquino del Empire State se desvió hacia la derecha, cruzó el río Hudson y siguió las vías férreas a Newark y Trenton y luego hacia el sur. A las cuatro y media alcanzó el río Schuylkill. Justamente después localizó el Zoológico de Filadelfia. Desde el aire, el lago de las aves parecía muy atrayente. Rebosaba de aves acuáticas de todas clases, principalmente patos y ánades. Louis creyó haber distinguido también dos o tres cisnes.

Describió un círculo, halló un lugar despejado y descendió al lago exactamente a las cuatro y cincuenta y dos minutos. Su trompeta tropezó con su pizarrita, su pizarrita chocó con su medalla, su medalla golpeó su tiza y el cordón de su tiza se enredó en torno a su monedero. Pese a todo, su descenso causó una gran conmoción. Los patos y los ánades, no esperaban que sucediera una cosa semejante; un enorme y blanco cisne trompetero cayendo del cielo con todas sus propiedades personales.

Louis no prestó atención a las demás aves. Tenía que acudir a una cita. Vio frente a la pajarera a un individuo que se apoyaba en la ancha barandilla. Vestía un traje púrpura y se tocaba con un sombrero tirolés. Su cara parecía la de un hombre astuto y experimentado, como si supiera muchas cosas, muchas de las cuales no valía la pena conocer.

«Este tiene que ser Abe "Lucky" Lucas», pensó Louis.

Nadó veloz hacia allí.

«¡Kuun!», hizo con su trompeta.

—Encantado de conocerle —replicó el señor Lucas—. Llega usted en punto. El descenso fue sensacional. Bienvenido al Zoo de Filadelfia, repleto de los más extraños mamíferos, aves, reptiles, anfibios y peces, incluyendo tiburones, rayas y otros vertebrados marinos. Cuidado con los animales salvajes. Abundan en este lugar serpientes, cebras, monos, elefantes, leones, tigres, lobos, zorros, osos, hipopótamos, rinocerontes, marmotas, mofetas, halcones y buhos. Rara vez vengo por aquí; mi trabajo me retiene en el corazón palpitante de la ciudad, entre la gente que maneja el dinero. Mi trabajo es frenético. ¿Qué tal fue su viaje desde Boston?

«Magnífico», escribió Louis en su pizarrita, «conseguí una buena media horaria ¿Qué hay de mi trabajo?»

—Muy buena pregunta —repuso el señor Lucas—. Empezará el quince de octubre. Ya está redactado el contrato. El lugar de sus actuaciones es un night club muy famoso, al otro lado del río, un lugar de moda y de precios modestos, un sitio al que se puede ir. Actuará cada noche, excepto los domingos, y tocará su trompeta en honor de los alegres clientes. De vez en cuando se integrará en un grupo de jazz: «A la trompeta, el cisne Louis». La paga es muy buena. Mi corazón salta de entusiasmo al pensar en la paga. Riqueza y felicidad aguardan al cisne Louis y a «Lucky» Lucas. La fortuna llama a la puerta. Mis derechos de agente son un diez por ciento, una simple bagatela.

«¿Cómo puedo ir al night club?», preguntó Louis, que apenas entendía la mitad de lo que estaba diciendo el señor Lucas.

—En un taxi —explicó el señor Lucas—. Acuda a la puerta Norte del Zoo, en la esquina de la avenida Girard y la calle 34, a las nueve en punto de la noche del quince de octubre, una noche que perdurará en la memoria. Allí le aguardará un taxi que le conducirá al club. El taxista es amigo mío. El suyo también es un trabajo frenético.

«¿Y quién pagará el taxi?», inquirió Louis con su pizarrita.

—Yo —replicó el señor Lucas—. «Lucky» Lucas, el de corazón generoso, pagará el taxi del cisne Louis. Y a propósito, veo que lleva un monedero y que abulta con pasta. Impulsado por la gran amabilidad de mi carácter, le sugiero que me lo entregue para guardárselo durante su estancia en Filadelfia, un lugar que abunda en ladrones y carteristas.

«No, gracias», escribió Louis, «yo cuidaré del monedero».

—Muy bien —declaró el señor Lucas—. Y ahora he de llamar su atención sobre otro pequeño detalle. La mayoría de las aves que nadan en este espléndido lago han sufrido una operación quirúrgica. Mi sinceridad me obliga a decirle que la gerencia se encarga por lo general de extirparles la punta de un ala, una intervención indolora y muy frecuente en los zoológicos de todo el mundo. Se elimina el último huesecillo. Así se impide que el ave acuática levante el vuelo y abandone los reducidos confines de este parque público. Cuando un ala es más corta que otra se altera el equilibrio del ave. Una vez efectuada la operación, todos sus intentos de volar se verán condenados al fracaso. Comprendiendo de antemano la repulsión que a usted le produciría semejante alteración en una de sus fuertes alas, fui a ver al encargado de las aves y le hice una propuesta. Ha prometido que no acortará una de sus alas. Es un hombre de honor. Queda así asegurada su libertad de movimientos. Pero a cambio de este gran favor por parte de la gerencia del Zoo de Filadelfia, tendrá que celebrar en el lago un concierto gratis cada tarde de domingo, en beneficio de la gente de Filadelfia que acude aquí a distraerse. ¿Aceptado?

«Sí», escribió Louis. «Actuaré aquí los domingos.»

—¡Espléndido! —repuso el señor Lucas— ¡Todo irá sobre ruedas! ¡Acuérdese de estar a las nueve en la puerta del norte! El quince de octubre. Un taxi le aguardará. ¡Mucha suerte, cisne! Usted será lo mejor que haya conocido esta ciudad desde la Convención Constitucional de 1787.

Louis no entendió aquello pero hizo un gesto de despedida al señor Lucas y nadó hacia la isla que había en el centro del lago. Allí salió del agua, ordenó sus cosas, arregló sus plumas y descansó. No estaba seguro de que fuese a gustarle su nuevo empleo. No estaba seguro de que le gustase el señor Lucas. Pero necesitaba apremiantemente el dinero y cuando uno necesita dinero está dispuesto a hacer frente a dificultades e incertidumbres. Lo *bueno* de todo aquel asunto era el propio zoológico. Parecía un lugar extremadamente agradable a pesar de lo que había oído del acortamiento de alas. Louis no tenía intención de permitir que le menguasen una.

«¡Picaré al que trate de hacerme *eso*!», se dijo.

Le complació ver que había tantas aves acuáticas. Existían numerosas clases de patos y de ánades. A lo lejos distinguió a tres cisnes trompeteros. Eran antiguos residentes en el lago. Se llamaban Curiosidad, Felicidad y Apatía. Louis decidió aguardar uno o dos días antes de relacionarse con ellos.

El lago de las aves tenía una verja alrededor. Cuando llegó la noche en que había de empezar a trabajar, Louis abrillantó su trompeta, recogió todas sus cosas, sobrevoló la verja y aterrizó en la puerta del norte. El taxi estaba allí, como había prometido el señor Lucas. Louis subió y fue conducido a su nuevo lugar de trabajo.

CAPÍTULO 17

Serena

Louis se enriqueció durante las diez semanas siguientes. Acudía al night club cada día, menos los domingos, y allí tocaba la trompeta para los clientes. La sala era grande y estaba repleta de gente ruidosa. Todo el mundo parecía hablar demasiado alto, comer en exceso y beber por demás. La mayoría de las aves se retira a dormir al ponerse el sol. No les agradaría pasar media noche divirtiendo a la gente. Pero Louis era un músico y los músicos no pueden elegir sus horas de trabajo. Han de tocar cuando su empresario quiere.

Louis cobraba su paga la noche del sábado: quinientos dólares. El señor Lucas estaba siempre allí para percibir de Louis sus derechos del diez por ciento. Tras pagar al señor Lucas, aún le quedaban a Louis cuatrocientos cincuenta dólares. Entonces se los guardaba en el monedero, saltaba al taxi que le esperaba y volvía al lago de las aves hacia las tres de la madrugada. Pero Louis comenzaba a preocuparse: su monedero se hinchaba de un modo alarmante.

Los domingos por la tarde, si el tiempo era bueno, el público se agolpaba a la orilla del lago de las aves. Louis se colocaba en la isla del centro del lago y daba un concierto. Aquello se convirtió en el acontecimiento popular de Filadelfia, donde no hay muchos sitios para ir los domingos. Louis se tomaba muy en serio el concierto. Tocando ante la gente se ganaba su derecho a la libertad y a que no le recortasen una de las alas.

Siempre se mostraba magnífico los domingos. En vez de tocar jazz, rock y canciones populares, interpretaba selecciones de las obras de grandes compositores, Ludwig van Beethoven, Wolfgang Amadeus Mozart y Johann Sebastian Bach, la música que había escuchado en los discos del campamento Kukuskus. A Louis le gustaba también la música de George Gershwin y de Stephen Foster. Cuando interpretaba «Summertime» de *Porgy and Bess*, la audiencia de Filadelfia tenía la sensación de escuchar la música más emocionante que jamás había oído. Louis llegó a adquirir tal reputación con su trompeta que fue invitado a participar en un concierto con la Orquesta Sinfónica de Filadelfia.

Un día, cuando faltaba cosa de una semana para Navidad, sobrevino una gran tormenta. El cielo se oscureció. El viento aulló y gimió violento. Temblaron las ventanas. Saltaron de sus goznes los postigos. El aire alzaba y dispersaba como confetti periódicos viejos y envoltorios de caramelos. Muchos de los animales del zoológico se mostraban inquietos y nerviosos. Los elefantes barritaron alarmados. Los leones rugieron, yendo y viniendo en sus jaulas. Chilló la gran cacatúa negra. Los guardas iban de un lado para otro, cerrando puertas y ventanas, previniéndose contra la terrible fuerza de la borrasca. El ventarrón agitaba las aguas del lago de las aves que durante un tiempo cobró la apariencia de un pequeño océano.

Louis nadaba por el lago al abrigo de la isla. Hizo frente al viento y siguió agitando sus patas. Sus ojos brillaban de asombro ante la violencia de la tormenta. De repente vio en el cielo algo que había salido de las nubes. Al principio no pudo distinguir de qué se trataba. «Tal vez sea un platillo volante», pensó. Luego comprendió que era un ave grande y blanca que luchaba desesperada contra el huracán. Batía sus alas con celeridad. Descendió instantáneamente al agua y luego aleteó hasta la orilla en donde se desplomó casi como si estuviese muerta. Louis miró, miró y miró y tornó a mirar.

«Parece un cisne», pensó.

Era un cisne.

«Parece un cisne *trompetero*», pensó.

Era un cisne trompetero.

«Dios mío», dijo Louis para sí, «parece Serena. *Es* Serena. Al fin está aquí ¡Mis oraciones han sido escuchadas!»

Louis acertaba. Serena, la hembra a la que amaba, había sido sorprendida por la borrasca que la arrastró por toda América. Cuando miró hacia abajo y distinguió el lago de las aves, acabó su vuelo, casi desfallecida.

Louis sintió la tentación de precipitarse hacia ella. Pero luego pensó: «En estas condiciones no se halla en situación de comprender la hondura de mi afecto y la inmensidad de mi amor. Está demasiado fatigada. Aguardaré. Esperaré. Luego me daré a conocer y reanudaremos nuestra relación».

Louis no fue a trabajar aquella noche. El tiempo era demasiado malo. Permaneció despierto, velando a corta distancia a su amada. Cuando llegó la mañana, menguó el vendaval. Se despejó el cielo. El lago volvió a serenarse. La tempestad había pasado. Serena se agitó y despertó. Aún estaba exhausta y con las plumas en desorden. Louis siguió apartado de ella.

«Me limitaré a esperar», pensó. «Cuando uno está enamorado no debe correr riesgos. No voy a jugármelo todo con un ave demasiado fatigada para entender nada. Ni me apresuraré ni me preocuparé. Allá en los lagos de Red Rock yo era un cisne mudo. Ella me ignoró porque no podía revelarle mi amor. Ahora, gracias a mi valeroso padre, tengo una trompeta. A través de la fuerza de la música le impresionaré con la intensidad de mi deseo y el vigor de mi cariño. Me oirá decir kuuh. Le revelaré mi amor en un lenguaje que cualquiera comprende, el lenguaje de la música. Escuchará la trompeta del cisne y será mía. Al menos, eso *espero*.»

Por lo común cuando aparecía un ave desconocida en el lago, uno de los guardas informaba al jefe de los encargados de las aves, cuyo despacho estaba en la pajarera. Este ordenaba entonces que le cortasen una pequeña parte de una de las alas. Pero aquel día el guarda que solía atenderlas estaba enfermo con gripe y no acudió a trabajar. Nadie reparó en que había llegado un nuevo cisne trompetero. En cualquier caso Serena permaneció muy callada, sin llamar la atención. Ahora eran cinco los trompeteros. Estaban los tres cisnes cautivos originales, Curiosidad, Felicidad y Apatía. Estaba desde luego Louis. Y completaba la cuenta Serena, que aun exhausta empezaba a revivir.

Hacia el final de la tarde Serena se levantó y observó los alrededores, comió un poco, se bañó y dedicó cierto tiempo a arreglarse las plumas. Para entonces se sentía claramente mucho mejor. Y cuando todas sus plumas quedaron alisadas, recobró su gran belleza: señorial, tranquila, elegante y muy femenina.

Louis tembló al notar cuán sinceramente la amaba. De nuevo sintió la tentación de nadar hasta donde ella se hallaba, decir kuuh y comprobar si le recordaba. Pero se le ocurrió algo mejor.

«No hay prisa», pensó. «No va a marcharse de Filadelfia esta noche. Iré a trabajar y, cuando regrese, pasaré la noche muy cerca de ella. Allí estaré hasta que se haga de día. La despertaré con una canción de amor y de deseo. La sorprenderé adormilada; el sonido de mi trompeta penetrará en su cerebro soñoliento y quedará abrumada por la emoción. Mi trompeta será lo primero que oiga. Seré irresistible. Seré lo primero que vea cuando abra los ojos y me amará desde ese mismo momento.»

Louis quedó muy satisfecho de su plan y comenzó a hacer los preparativos. Nadó hasta la orilla, se despojó de todas sus cosas, las ocultó bajo un matorral y luego retornó al agua en donde comió y se bañó. Después arregló sus plumas con mucho cuidado. La mañana siguiente, cuando se encontrase con ella, deseaba tener el mejor de los aspec-

tos. Deambuló un poco, pensando en todas las canciones que le gustaban mientras trataba de decidir cuál interpretaría para despertarla. Finalmente resolvió interpretar «Bella Durmiente, despierta». Siempre le había encantado esa canción. Era triste y dulce.

«Será una bella durmiente», pensó Louis, «y despertará a mi lado. La canción encaja a las mil maravillas». Estaba decidido a que ésa fuese su mejor interpretación de la canción. Era uno de sus números de más éxito. Realmente sabía cómo tocarla muy bien. Una vez la interpretó en uno de los conciertos del domingo y le escuchó el crítico musical de un periódico de Filadelfia. Al día siguiente escribió en el diario: «Algunas de sus notas son como joyas expuestas a la luz. La emoción que transmite es límpida, pura y sostenida». Louis aprendió de memoria aquellas palabras. Se sentía orgulloso de que se refiriesen a él.

Ansiaba que llegara la mañana pero aún tenía que acudir a su trabajo en el night club. Sabía que la noche sería larga y que no conseguiría dormir.

Louis nadó hasta la orilla para recoger sus cosas. Cuando buscó bajo el matorral, experimentó un sobresalto: allí estaba su medalla, allí estaban su pizarrita y su tiza, alli estaba su monedero. ¿Pero dónde estaba la trompeta? Su trompeta había desaparecido. ¡Pobre Louis! Su corazón estuvo a punto de dejar de latir; «¡Oh, no!», se dijo. Sin aquella trompeta su vida se haría pedazos, se desplomarían todos sus planes.

Frenético de ira, miedo y angustia, se precipitó al lago y miró hacia uno y otro lado. Muy lejos distinguió a un pequeño pato que parecía llevar en el pico algo reluciente. ¡Era la trompeta! El pato intentaba tocarla. Louis se enfureció. Empezó a nadar por el lago, más veloz que el día en que salvó a Applegate de morir ahogado. Fue derecho al pato, le golpeó en la cabeza con un rápido movimiento de un ala y le arrebató la preciada trompeta. El pato se desmayó. Louis la frotó, la limpió de saliva y la colgó de su cuello, donde tenía que estar.

Ya estaba dispuesto. «¡Que llegue la noche! ¡Que pasen deprisa las horas! ¡Que venga la mañana para despertar a mi bella durmiente!»

Y la noche llegó por fin. A las nueve en punto Louis partió en el taxi, camino de su trabajo. El zoológico había recobrado su tranquilidad. Todos los visitantes se habían ido a sus casas. Muchos de los animales dormían o dormitaban. Unos pocos, los grandes felinos, el mapache, el armadillo, los que disfrutan de la noche, se agitaban inquietos. El lago de las aves se hallaba envuelto en la oscuridad. La mayoría de las aves acuáticas habían metido la cabeza bajo el ala y dormían. En un extremo del lago los tres cisnes cautivos, Curiosidad, Felicidad y Apatía, estaban ya casi dormidos. Cerca de la isla, Serena, la bella Serena, se había dormido y soñaba. Su largo y blanco cuello se plegaba hacia atrás; su cabeza descansaba sobre suaves plumas.

Louis regresó de su trabajo a las dos de la madrugada. Voló sobre la verja y descendió cerca de Serena, tan silenciosamente como pudo. No intentó dormir. La noche era clara y fresca, como sucede a menudo cerca de Navidad. Las nubes desfilaban por el cielo unas tras otras, interminablemente, ocultando a veces las estrellas. Louis observó las nubes, vio dormir a Serena y aguardó a que llegase el día, hora tras hora.

Y al final, por el este, apareció una tenue claridad. Pronto empezarían a moverse los animales y llegaría la mañana.

«Este es mi momento», pensó Louis, «ha llegado el instante de despertar a mi verdadero amor».

Se colocó ante Serena. Luego se llevó la trompeta al

pico. Inclinó la cabeza, apuntando ligeramente hacia arriba la trompeta cuando surgían las primeras luces del alba. Comenzó su canción.

«Bella durmiente», tocó, «despierta...».

Interpretó quedamente las primeras tres o cuatro notas. Luego, a medida que la canción progresaba, el sonido creció en volumen y en el cielo la luz se tornó más intensa.

Cada nota era como una joya expuesta a la luz. Jamás se había oído en el zoológico a hora tan temprana el sonido de la trompeta de Louis. Parecía envolver todos los edificios, los animales, los árboles, los matorrales, los senderos, los cubiles y las jaulas. Adormilados en su gruta, los osos alzaron las orejas. Los zorros, escondidos en sus guaridas, escucharon la dulce y evocadora melodía de la trompeta en el amanecer.

En el recinto de los leones los grandes felinos prestaron atención a las notas. En la de los monos, el gran babuino escuchó maravillado la canción.

Be - lla dur - mien - te, des - pier - ta...

La oyó el hipopótamo y la foca en su alberca. El tejón, el oso lavador, el coatí de cola anillada, la mofeta, la comadreja, la nutria, la llama, el dromedario y el ciervo de cola blanca escucharon con las orejas enhiestas. La oyó el lobo gris y el yak en su cuadra. La oyó el kudú y el conejo. La oyó el castor y la serpiente, que además no *tiene* orejas. Todos la escucharon, el canguro pequeño, el opossum, la zarigüeya, el oso hormiguero, el armadillo, el faisán gigante, la paloma, el tilonorinco, la cacatúa, el flamenco. Todos eran conscientes de que estaba sucediendo algo fuera de lo habitual.

Los habitantes de Filadelfia, al despertar en sus dormitorios y abrir las ventanas, oyeron la trompeta. Pero ninguno de los que la escuchó comprendió que éste era el momento de triunfo para un cisne joven que había logrado superar el defecto de su mudez.

Louis no pensaba en esa audiencia inmensa e invisible de animales y de personas. Su mente no estaba en los osos, los búfalos, los casuarios, los lagartos, los halcones, los buhos y los seres humanos en sus alcobas. Su mente se concentraba en Serena, la hembra a la que amaba, la bella durmiente. Tocaba para ella y solamente para ella.

Serena se despertó con la primera nota de la trompeta. Alzó la cabeza y extendió el cuello hasta erguirse por completo. Lo que vio la llenó de sorpresa. Miró fijamente a Louis. Al principio apenas pudo recordar dónde estaba. Ante ella veía a un cisne joven y apuesto, un macho de nobles proporciones. Contra su pico sostenía un extraño instrumento, algo que ella no había visto jamás. Y de aquel extraño instrumento brotaban sonidos que le hicieron temblar de júbilo y de amor. A medida que progresaba la canción y la luz se tornaba más fuerte se sintió irremediablemente enamorada de aquel gallardo trompetero que la había despertado de sus sueños. Ya habían desaparecido los sueños de la noche. Pero con el día le llegaban nuevos sueños. Supo que rebosaba de sensaciones que jamás había experimentado, sensaciones de encanto, éxtasis y asombro.

Nunca había visto a un cisne joven de mejor apariencia que aquél. Desde luego jamás había visto a cisne *algu-*

no con tantas cosas colgadas de cuello. Y jamás se había sentido en toda su vida tan arrebatada por unos sonidos. «¡Oh!», pensó. «¡Oh, oh, oh, oh!»

La canción concluyó. Louis bajó la trompeta y se inclinó solemnemente ante Serena. Luego volvió a alzarla.

—¡Kuuh! —tocó.

—¡Kuuh! —respondió Serena.

—¡Kuuh, kuuh! —dijo Louis a través de su trompeta.

—¡Kuuh, kuuh! —replicó Serena.

Cada cisne se sintió atraído hacia el otro por misteriosos lazos de afecto.

Louis nadó velozmente en torno de Serena.

Luego Serena nadó velozmente en torno de Louis.

Aquello pareció divertirles.

Louis bajó el cuello y lo agitó de un lado a otro lado.

Serena bajó el cuello y lo agitó también de uno a otro lado.

Louis lanzó al aire un poco de agua. Serena lanzó al aire un poco de agua. Era como un juego. Era por fin el amor para Louis; era el flechazo para Serena.

Entonces Louis decidió exhibirse.

«Interpretaré mi propia composición», pensó, «tocaré la canción que creé para ella en el campamento».

Alzó de nuevo su trompeta.

Oh, siempre en la verde primavera,
Escondido en la orilla, amor mío,
Cuán larga me parece la espera.

Las notas eran claras y puras. Llenaron de belleza el zoológico. Si Serena tuvo hasta entonces alguna duda, se esfumó en aquel instante. Sucumbió completamente al encanto de este músico apuesto, de este cisne espléndido y con talento.

Louis sabía que su plan había tenido éxito. Su bella durmiente había despertado por obra de su melodía. Ja

134

más se separarían. Estarían juntos el resto de sus vidas. La mente de Louis rebosaba de imágenes de tranquilos lagos en bosques donde crecían los cañaverales y cantaban los mirlos. Pensaba en la primavera y en un nido con polluelos. ¡Oh, siempre en la verde primavera!

Su padre le había explicado una vez lo que les sucede a los buceadores cuando descienden demasiado bajo la superficie. En las grandes profundidades, donde la presión es fuerte y el mundo acuático aparece extraño y misterioso, los buceadores experimentan a veces lo que llaman la «embriaguez de las profundidades». Se sienten tan completamente a gusto y encantados que no desean retornar nunca a la superficie. El padre de Louis le había prevenido al respecto. «Recuerda siempre, cuando desciendas muy abajo», le dijo, «que esa sensación de embriaguez puede conducirte a la muerte. ¡Por muy a gusto que allí te encuentres, *no olvides regresar a la superficie*, donde puedas respirar de nuevo!»

Al mirar a Serena, Louis pensó: «Creo que el amor es como la embriaguez de las profundidades. Me siento tan a gusto que sencillamente deseo permanecer como estoy. Estoy sintiendo la embriaguez de las profundidades aunque me encuentre sobre el agua. Jamás me sentí tan bien, tan tranquilo, tan a gusto, tan feliz, tan lleno de ambiciones y de deseo. Si, así es el amor en un frío día de diciembre en el zoológico de Filadelfia, imagino lo que será durante la primavera en un remoto lago de Canadá».

Éstos eran los pensamientos secretos de Louis. Se sentía el ave más feliz del mundo. Por fin era un auténtico cisne trompetero. Había superado en definitiva el defecto de su mudez. Pensó con gratitud en su padre.

Cuidadosamente colocó su cabeza sobre el bello y blanco cuello de Serena. Se le antojó un gesto muy atrevido pero a ella pareció gustarle. Entonces retrocedió. Serena nadó hacia él. Cuidadosamente, colocó *su* cabeza sobre *su* cuello. Descansó allí por un momento y luego se alejó.

«¡Qué gesto tan atrevido!», pensó Serena. «Pero creo que le gustó. Qué agradable es saber que he encontrado una pareja conveniente un macho a quien amo y respeto, un macho que no sólo parece ser músico sino además muy rico ¡Porque cuántas *cosas* tiene!», se dijo Serena. Sus ojos se iluminaron al contemplar la trompeta, la pizarrita, la tiza, el monedero y la medalla.

«¡Qué macho tan apuesto!», pensó. «¡Qué cisne tan hermoso!»

Nadaron juntos hacia el otro extremo del lago, allí donde pudieran estar solos. Luego Louis, que sentía sueño, se adormiló un poco mientras Serena desayunaba y se arreglaba.

CAPÍTULO 18

Libertad

La noticia de la llegada de Serena al lago de las aves fue conocida por fin por el encargo de estos animales en el zoológico. La vio y quedó encantado. Entonces dio una orden a uno de sus empleados.

—Quiero que esta mañana se le recorte una ala, ahora mismo, antes de que eche a volar y nos abandone. Ese cisne es un ave valiosa. ¡Asegúrate de que no se escape!

Louis acababa de despertar de su sueñecito cuando vio a dos hombres que se acercaban a Serena, quien se hallaba en tierra cerca de la verja. Uno portaba una gran red con un largo mango. El otro llevaba instrumentos quirúrgicos. Se acercaban sigilosamente a Serena, en silencio y paso a paso.

Louis comprendió de inmediato lo que pretendían. Se enfureció al punto. Si aquellos hombres lograban atrapar a Serena y cortarle la punta de un ala, todos sus planes se vendrían abajo; jamás podría volar con él hasta un lago solitario. Tendría que permanecer en Filadelfia el resto de su vida, qué destino tan horrible.

«Este es el momento», pensó Louis, «nadie cortará la punta de un ala de mi enamorada en *mi* presencia».

Se precipitó hacia la isla y allí se despojó de todas sus propiedades, que ocultó junto a un sauce. Luego regresó al agua y aguardó el instante oportuno para atacar.

A espaldas de Serena, el hombre de la red reptaba hacia ella. Serena no había advertido su presencia, estaba allí muy quieta, pensando en Louis. Lenta, lentamente, el hombre alzó la red. Entonces Louis entró en acción. Bajando su largo y poderoso cuello hasta colocarlo ante sí recto como si fuese una lanza, se lanzó por el agua, directo hacia el hombre. Sus alas batían el aire y sus patas batían el agua, directo hacia el hombre. En un instante llegó al hombre y clavó su sólido pico en su trasero. Fue una acometida certera. El hombre se dobló, presa de dolor, y dejó caer la red. Su compañero trató de agarrar a Serena por el cuello. Louis le golpeó en la cabeza con sus alas, asestándole terribles mamporros que hicieron perder el equilibrio al pobre individuo. Los instrumentos quirúrgicos saltaron por el aire. La red cayó al agua. El primero de los hombres gemía y se llevaba las manos al trasero, donde le había alcanzado el pico de Louis. El otro yacía en el suelo, casi desmayado.

Serena se deslizó velozmente al agua y se alejó a toda prisa. Louis fue tras ella. Le hizo señas de que permaneciese en el lago. Luego volvió con rapidez a la isla, recogió su trompeta, su pizarrita, su tiza, su medalla y su monedero, voló sobre la verja y se dirigió audazmente a las oficinas. Aún estaba furioso. Fue derecho al despacho del encargado de las aves. Llamó a la puerta.

—¡Adelante! —dijo una voz.

Louis entró. El encargado de las aves estaba sentado ante su mesa.

—¡Hola, Louis! —dijo.

«¡Kuuh!», replicó Louis a través de su trompeta.

—¿Qué te pasa? —preguntó el hombre.

Louis dejó su trompeta en el suelo y se quitó del cuello la pizarrita y la tiza.

«Estoy enamorado», escribió.

El encargado se echó hacia atrás en su sillón y puso sus manos tras la cabeza. Su semblante adoptó una expresión lejana. Por un momento guardó silencio mientras miraba por la ventana.

—Es natural que estés enamorado —declaró—. Eres joven. Eres listo. Dentro de un par de meses llegará la primavera. Todas las aves se enamoran en primavera. Supongo que estará enamorado de una de mis jóvenes cisnes.

«De Serena», escribió Louis. «Llegó anteayer. La conocía un poco, de Montana. También ella me quiere.»

—Eso no me sorprende —dijo el encargado—. Eres un cisne extraordinario. Y cualquier hembra joven se enamoraría de tí. Eres un gran trompetero, uno de los mejores. Estoy encantado de saber de tu enamoramiento. Tu novia y tú podéis quedaros en el lago de las aves y crear una familia, cómodos y seguros en el zoológico más antiguo de los Estados Unidos.

Louis meneó la cabeza.

«Tengo otros planes», escribió.

Entonces dejó en el suelo la pizarrita y tomó la trompeta. Tocó «Dicen que el amor es maravilloso...». Era una antigua canción de Irving Berlin. La habitación se llenó del sonido del amor. El encargado tenía en sus ojos una mirada soñadora.

Louis abandonó la trompeta y recogió de nuevo la pizarrita.

«Dentro de uno o dos días me llevaré a Serena», escribió.

—¡Oh, no puedes hacer eso! —declaró el encargado con firmeza— Serena pertenece ahora al zoológico. Es propiedad de los habitantes de Filadelfia. Llegó aquí por obra de Dios.

«No fue obra de Dios», escribió Louis. «Fue un ventarrón».

—Bueno, en cualquier caso, es *mía* —afirmó el encargado.

«No, es mía», escribió Louis. «Es mía en razón de la fuerza del amor, el mayor de los poderes de la tierra.»

El encargado adoptó una expresión meditabunda.

—No puedes llevarte a Serena del zoológico. Nunca volverá a volar. Hace unos minutos mis empleados recortaron una de sus alas.

«Trataron de hacerlo», escribió Louis, «pero les hice frente».

El encargado pareció sorprendido.

—¿Fue una pelea limpia?

«Fue una pelea limpia», contestó Louis. «Se acercaron a ella sigilosamente por detrás, así que yo hice otro tanto con ellos. Apenas se dieron cuenta de lo que les sucedía».

El encargado se echó a reír.

—Me hubiera gustado verlo —dijo—. Pero mira, Louis, tienes que comprender mi situación. Tengo una obligación con los habitantes de Filadelfia. En los últimos dos meses, y de un modo accidental, he adquirido dos aves singulares, Serena y tú. ¡Dos cisnes trompeteros! Uno llegó aquí aventado por la borrasca, el otro para cumplir un contrato en un night club. Es la cosa más rara que puede suceder en un zoológico. Tengo unas responsabilidades con el público. Como encargado de las aves, he de cuidar de que Serena se quede. Naturalmente, tú eres libre de marcharte cuando te parezca porque el señor Lucas insistió en que se garantizara tu libertad cuando nos pusimos de acuerdo respecto de tus conciertos de los domingos. Pero en el caso de Serena.... Louis, ella tiene que dejar que le recorten una ala. El zoológico no puede permitirse perder a una hembra tan joven, bella y valiosa sólo porque estés enamorado de ella. Creo además que cometes un gran error. Si Serena y tú os quedáis aquí, estaréis a salvo. No conoceréis enemigos. No tendréis que preocuparos por vuestros hijos. No os atacará, con intención de mataros, ningún zorro, ninguna nutria, ningún coyote. No sabréis qué es pasar hambre. Nunca os dispararán. Nunca moriréis por envenenamiento de plomo al tragar los perdigones que hay en el fondo de todos los lagos y charcas naturales. Tendréis polluelos cada año y disfrutaréis de una larga vida tranquila y cómoda. ¿Qué más puede pedir un cisne joven?

«Libertad», replicó Louis en su pizarrita. «La seguridad está muy bien pero prefiero la libertad.»

Y luego tomó la trompeta e interpretó: «Abróchate el abrigo cuando el viento corre libre....»

El encargado sonrió. Entendía a Louis. Por unos instantes los dos permanecieron callados. Louis dejó a un lado su trompeta. Luego escribió:

«Le pido dos favores. Primero, aplace la operación de Serena hasta después de Navidad, le garantizo que no intentará escaparse. Segundo, permítame enviar un telegrama.»

—De acuerdo, Louis —replicó el encargado.

Y entregó a Louis una hoja de papel y un lápiz. Louis redactó un telegrama dirigido a Sam Beaver. Decía así:

**ESTOY ZOO FILADELFIA.
VEN URGENTEMENTE. PAGARÉ PASAJE AVIÓN.
AHORA SOY RICO.**

(Firmado) LOUIS.

Entregó el telegrama al encargado junto con cuatro dólares que sacó de su monedero. El encargado se quedó sorprendido. En todo el tiempo que llevaba en el zoológi-

143

co, ésta era la primera vez que una de sus aves le pedía que enviase un telegrama. Y desde luego ignoraba quién era Sam Beaver. Pero remitió el mensaje y ordenó a sus empleados que dejaran en paz a Serena por unos días. A ellos les encantó cumplir tal orden.

Louis le dio las gracias y se marchó. Volvió donde estaba Serena y pasaron felices el día, bañándose, andando, comiendo y bebiendo mientras que de mil maneras se mostraban mutuamente cuánto se querían.

Sam llegó al zoológico al día siguiente de Navidad. Se hallaba equipado como para una excursión por el bosque. Bajo un brazo traía, muy bien enrollado, un saco de dormir. En la mochila llevaba su cepillo de dientes, su peine, una camisa limpia, una hachuela, una brújula, su cuaderno, un lápiz y algunos víveres. En el cinturón lucía su cuchillo de monte. Sam tenía ya catorce años y estaba muy dearrollado para su edad. Jamás había visto un zoológico tan grande. Él y Louis se mostraron encantados de verse de nuevo.

Louis presentó Sam a Serena. Luego abrió su monedero y le enseñó lo que había ganado: billetes de cien, de cincuenta, de veinte, de diez y de cinco dólares, algunos de un dólar y muchas monedas de plata.

«¡Dios mío!», pensó Sam. «Confío en que no vaya a casarse con él por su dinero.»

Louis tomó su pizarrita y explicó a Sam la pelea con los empleados y el modo en que el encargado pretendía retener cautiva a Serena, recortándole una de las alas. Dijo a Sam que su vida quedaría destrozada si Serena perdía el poder de volar. Le declaró que tan pronto como hubiese quedado saldada la deuda de su padre y le perteneciera legítimamente la trompeta, Serena y él abandonarían la civilización y retornarían a la vida silvestre.

«El cielo», escribió en su pizarrita, «es mi cuarto de

estar. El bosque es mi sala. El lago solitario es mi baño. No puedo permanecer toda mi vida tras una verja. Tampoco podría Serena, no está hecha para eso. De un modo o de otro tenemos que convencer al encargado para que permita marcharse a Serena».

Sam se tendió en la orilla del lago de las aves y entrelazó sus manos tras su cabeza. Alzó los ojos hacia el cielo inmenso. Era muy azul, con nubecillas que se deslizaban lentamente. Estuvo allí largo tiempo pensando. Conocía muy bien cuánto amaba Louis la libertad. Por allí nadaban sin prisas de un lado a otro patos y ánades en un interminable desfile de aves cautivas. Parecían felices y contentos. Curiosidad, Felicidad y Apatía se acercaron. Los tres cisnes trompeteros contemplaron con curiosidad a aquel chico desconocido. Finalmente Sam se sentó.

—Escúcheme, Louis —dijo—. ¿Qué te parece esta idea? Serena y tú querreis tener polluelos cada año.

«Desde luego», replicó Louis en su pizarrita.

—De acuerdo —prosiguió Sam—. En cada grupo de polluelos hay siempre uno que necesita más cuidados y mayor protección. El lago de las aves sería el lugar perfecto para ese pequeño cisne. Este es un lago muy bello, Louis. Este es un gran zoológico. Voy a tratar de convencer al encargado de que deje en libertad a Serena. A cambio ¿estarías dispuesto a donar de vez en cuando uno de los polluelos si el zoológico necesita otro cisne para el lago? Si accedes iré ahora mismo y hablaré con el encargado.

Ahora le tocó a Louis el turno de pensar y pensar. Al cabo de cinco minutos, cogió su pizarrita.

«Muy bien», escribió. «Hecho.»

Entonces tomó su trompeta.

«Oh, siempre en la verde primavera», tocó. «Escondido en la orilla...»

Las aves acuáticas dejaron de nadar y escucharon. Los

empleados interrumpieron su trabajo y escucharon. Sam escuchó. En su despacho el encargado abandonó su lápiz, se retrepó en su sillón y escuchó. El sonido de la trompeta de Louis estaba en el aire y el mundo entero parecía mejor, más luminoso y alegre, más libre, más feliz y más soñador.

—Es una bonita canción —afirmó Sam—. ¿De quién?

«Oh, se trata sencillamente de algo que compuse», escribió Louis en su pizarrita.

CAPÍTULO 19

Hablando de dinero

En la vida de casi todo el mundo hay un acontecimiento que altera por completo el curso de su existencia. El día en que Sam Beaver visitó el zoológico de Filadelfia marcó el momento decisivo de su vida. Hasta entonces no había sido capaz de decidir lo que querría ser cuando fuese mayor. En cuanto vio el zoológico, todas sus dudas desaparecieron. Supo que quería trabajar en un zoológico. Sam amaba a todos los seres vivos y un zoológico es una enorme reserva de seres vivos, cuenta con todos los animales que se arrastran, reptan, saltan, corren, vuelan o se esconden.

Sam ansiaba verlos a todos. Pero antes tenía que resolver el problema de Louis. Tenía que salvar a Serena de la cautividad. Así que recogió su mochila y su saco de dormir y se dirigió al despacho del encargado de las aves. Entró firme y erguido, como si caminase por un sendero del bosque. Al encargado le agradó el aspecto de Sam y advirtió que le recordaba vagamente a un indio.

—Así que tú eres Sam Beaver —dijo el encargado cuando Sam se le acercó.

—¿Para qué viniste? —inquirió el encargado.

—Para defender la libertad —replicó Sam—. Oí que usted pretendía recortar el ala de un cisne. He venido para pedirle que no lo haga.

Sam se sentó y hablaron durante toda una hora. Sam aseguró al encargado que Louis era un viejo amigo. Le contó su descubrimiento del nido de los cisnes tres años antes en el Canadá, el modo en que Louis vino a este mundo privado de voz, de la asistencia de Louis a la escuela de Montana y de cómo aprendió a leer y a escribir, el robo de la trompeta por parte de su padre y lo sucedido en el campamento Kukuskus y en la lancha del Cisne en Boston.

El encargado escuchó con gran atención, pero no sabía si creer una sola palabra de tan extraño relato.

Luego Sam le explicó su propuesta de que dejase en libertad a Serena en vez de convertirla en un ave cautiva. Afirmó que sería un arreglo conveniente para el zoológico porque siempre que deseasen un joven cisne trompetero, Louis le daría uno de sus polluelos. El encargado estaba absorto.

—¿Quieres decirme que has hecho el viaje hasta Filadelfia para salvar a un ave?

—Sí, señor —repuso Sam—. Iría a cualquier parte con tal de salvar a un ave. Además, Louis es especial. Se trata de un viejo amigo. Fuimos a la misma escuela. Tiene que reconocer que es todo un señor cisne.

—Pues claro que sí —dijo el encargado—. Sus conciertos de las tardes de los domingos son la mayor atracción que haya tenido nunca el zoológico. Tuvimos una vez un gorila llamado Bambú... Ya murió. Bambú era colosal pero Louis atrae a más gente que la que venía a ver a Bambú. Tenemos leones marinos que atraen a muchos pero no pueden compararse con Louis cuando toca su trompeta los domingos por la tarde. La gente se vuelve loca. Y la música también es buena para los animales, les tranquiliza y olvidan sus preocupaciones cotidianas. Echaré de menos a Louis cuando se vaya. Todo el zoológico le echará muchísimo de menos. Me gustaría que se quedase aquí con su novia, sería maravilloso.

—Louis se marchitaría en cautividad. Acabaría por morirse —replicó Sam—. Necesita la naturaleza, charcas, ciénagas, espadañas, mirlos de alas rojas en primavera, el coro de las ranas, el grito nocturno del colimbo. Louis va en pos de un sueño. Todos nosotros debemos ir tras un sueño. ¡Por favor, señor, deje ir a Serena! ¡Por favor, no le recorte un ala!

El encargado cerró los ojos. Pensaba en pequeños lagos en los bosques, en el color de los juncos, en los sonidos de la noche y en el coro de las ranas. Pensaba en nidos de cisnes y en sus huevos, en la llegada de los polluelos que luego irían tras su padre en fila india. Pensaba en los sueños de su juventud.

—De acuerdo —declaró de repente—. Serena puede marcharse. No le recortaremos un ala. ¿Pero puedo tener la seguridad de que Louis me traerá un cisne joven cuando yo lo necesite? ¿Cómo sabré que cumplirá su palabra?

—Es un ave honorable —dijo Sam—. Si no fuese honrado y fiel cumplidor, no se habría lanzado a ganar dinero para pagar al comerciante la trompeta que su padre le arrebató.

—¿Cuánto dinero ha conseguido Louis? —preguntó el encargado.

—Tiene cuatro mil seiscientos noventa y un dólares con sesenta y cinco centavos —declaró Sam—. Acabamos de contarlos. En el campamento Kukuskus le pagaron cien dólares por hacer de corneta y todo lo que gastó fue sesenta centavos en sellos. Así que llegó a Boston con noventa y nueve dólares y cuarenta centavos. Luego el hombre de la lancha del Cisne le abonó cien dólares por semana pero gastó tres dólares en propinas en el hotel en que pasó una noche. Así que tenía ciento noventa y seis dólares y cuarenta centavos cuando llegó a Filadelfia. El night club le paga quinientos dólares semanales por diez semanas, lo que supone cinco mil dólares. Pero ha de entregar a su agente el diez por ciento de los cinco mil dólares y también ha gastado setenta y cinco centavos en tizas y cuatro dólares en el telegrama que me envió. Así que el total asciende a cuatro mil seiscientos noventa y un dólares con sesenta y cinco centavos. Es muchísimo dinero para un ave.

—Desde luego —dijo el encargado—. Desde luego que lo es.

—Claro que tiene que pagar mi pasaje de avión de Montana a Filadelfia y el de vuelta. Eso reducirá el total a cuatro mil cuatrocientos veinte dólares y setenta y ocho centavos.

El encargado parecía asombrado de estas cifras.

—*Sigue* siendo mucho dinero para un ave —comentó—. ¿Qué va a hacer con todo eso?

—Se lo entregará a su padre.

—¿Y qué hará su padre?

—Volará hasta la tienda de instrumentos musicales de Billings y se lo entregará al propietario en pago de la trompeta robada.

—¿Y le dará *todo*?

—Sí.

—Pero una trompeta no vale cuatro mil cuatrocientos veinte dólares con setenta y ocho centavos.

—Lo sé —repuso Sam— Sin embargo hay que tener en cuenta los daños causados en la tienda. El padre iba como una bala cuando se estrelló contra la luna del escaparate. Causó muchos destrozos.

—Sí —dijo el encargado—. Pero *aun así* no haría falta todo ese dinero para zanjar el asunto.

—Supongo que no —declaró Sam—. Aunque Louis

no necesitará ya el dinero y por tanto se lo entregará todo al propietario de la tienda.

La cuestión del dinero pareció interesar considerablemente al encargado. Pensó en lo agradable que sería no necesitar ya más el dinero. Se recostó en su sillón. Le resultaba difícil creer que uno de sus cisnes hubiese sido capaz de ahorrar más de cuatro mil dólares y que el dinero estuviese allí, en un monedero que colgaba de su cuello.

—En asuntos de dinero —declaró— la cosa es mucho más fácil para las aves que para los hombres. Cuando un ave gana dinero, todo es beneficio. Un ave no tiene que ir al supermercado y comprar una docena de huevos, medio kilo de mantequilla, dos rollos de papel higiénico, alimentos precocinados, polvo limpiador, una lata de zumo de tomate, tres cuartos de kilo de filetes, una lata de melocotones al natural, dos litros de leche desnatada y un frasco de aceitunas rellenas. Un ave no tiene que pagar el alquiler de una casa ni los intereses de una hipoteca. Un ave no se hace un seguro de vida ni ha de abonar las primas de la póliza. Un ave no posee un coche ni tiene que poner gasolina ni aceite, ni pagar las reparaciones del coche, ni abonar el lavado. Qué suerte tienen los animales. No han de adquirir cosas, como les pasa a los hombres. Uno puede enseñar a un mono a montar en moto pero jamás supe de un mono que fuese a comprar una moto.

—Cierto —respondió Sam—. Pero a algunos animales les gusta adquirir cosas aunque no paguen nada por conseguirlas.

—Dime cuáles —preguntó el encargado.

—Una rata —respondió Sam—. Se instalará en un sitio y llevará a ese lugar los objetos más variados, chuchería y toda clase de cosas. Lo que se le entoje.

—Tienes razón —dijo el encargado—. Tienes toda la razón, Sam. Pareces saber mucho de animales.

—Me gustan los animales —manifestó Sam—. Me agrada observarlos.

—Entonces ven conmigo y daremos una vuelta por el zoológico —declaró el encargado, levantándose de su sillón—. No tengo ganas de seguir trabajando. Te enseñaré el zoológico.

Y allá fueron los dos.

Aquella noche, gracias a un permiso especial, Sam durmió en el despacho del encargado. Desenrolló su saco de dormir en el suelo y se metió dentro. El avión que le devolvería a su casa partiría a la mañana siguiente. La cabeza de Sam rebosaba de todo lo que había visto en el zoológico. Y antes de apagar la luz extrajo su cuaderno de la mochila y escribió una poesía. Esto es lo que se le ocurrió:

POEMA DE SAM BEAVER

De todos los lugares de la tierra y del mar
de Filadelfia el Zoo me complace más,
hay mucho que comer y mucho que hacer.
Un rabihorcado y una musaraña que ver,
Un blanco ratón y un perico ligero además.
Pero todos me gustan a rabiar.
Hay un ánade canadiense y un oso polar.
Y seres llegados de ultramar
Hay muchos animales que nunca viste tú
como la comadreja y el carcayú.
Al zoo tendrás que haber ido
para ver a un canguro gigante recién nacido
y al ñu de cola blanca y el gamo retraído.
Patos y ánades por el lago contemplarás
y cerca al lobo gris y a la culebra de arena verás.
Entre los animales hallarás primores
cual las focas y los picaflores.

Hay caballos y aves de presa
y en cada rincón una sorpresa.
Hay lobos, zorros y buhos, sin faltar un halcón
y un recinto espacioso para el gran león.
Hay enormes jaulas y tranquilos prados
para el reptil perezoso y el tigre rayado.
Abundan las hayas, las palmeras y los pinos
y rosado es el trasero del babuino.
Construido y conservado con destreza,
el zoo te hará conocer la Naturaleza.

(firmado) Sam Beaver.

Sam dejó la poesía en la mesa del encargado.

A la mañana siguiente muy temprano, antes de que acudiesen a trabajar los empleados del zoológico, Sam partió de Filadelfia en avión. Louis y Serena le acompañaron al aeropuerto. Querían despedirle. También pensaban marcharse de Filadelfia inmediatamente después y regresar por sus propios medios a Montana. Cuando los funcionarios del aeropuerto vieron a dos grandes y blancas aves en la pista de despegue experimentaron una gran sorpresa. Los controladores de la torre enviaron mensajes de advertencia a los aviones próximos a aterrizar. De los edificios del aeropuerto salieron corriendo hombres de los equipos de tierra, dispuestos a arrojar de allí a Louis y a Serena. Sam, que ocupaba un asiento de ventanilla en el avión dispuesto a despegar, contemplaba la escena.

Louis tomó su trompeta.

«¡Allá vamos!», tocó. «¡Al grandioso cielo azul!»

Las notas llegaron a todos los rincones del aeropuerto, provocando el asombro por doquier.

«¡Kuuk! ¡Kuuk!», tocó Louis.

Se colgó la trompeta del cuello y empezó a correr por la pista. Serena fue tras él. En aquel momento se puso en marcha el avión de Sam. Pero los dos cisnes despegaron antes que el avión. Sam les dijo adiós con la mano a través de la ventanilla. La medalla de Louis relucía bajo los rayos del sol naciente. El avión comenzó a elevarse. Louis y Serena remontaban también el vuelo con gran rapidez. «¡Adiós, Filadelfia!», pensó Louis. «¡Adiós, lago de las aves! ¡Adiós, nigth club!» El avión pronto adelantó a los cisnes. Durante un rato siguieron al avión, rumbo al oeste. Luego Louis hizo señas a Serena de que iba a virar. Se inclinó hacia la izquierda y se encaminó hacia el sur.

«Iremos a casa sin prisas, por la ruta meridional», se dijo.

Y eso fue lo que hicieron. Volaron hacia el sur, sobre Maryland y Virginia. Pasaron después sobre Carolina del Norte y Carolina del Sur. Pasaron una noche en Yemassee y vieron grandes robles cubiertos de musgo. Visitaron las extensas ciénagas de Georgia, observaron a los caimanes y escucharon a los sinsontes. Sobrevolaron Florida y estuvieron unos días en el brazo pantanoso de un río en donde se arrullaban las palomas en los cedros mientras lagartos diminutos se arrastraban por peñas bañadas por el sol. Luego, desviándose hacia el oeste, se encaminaron a Louisiana. Después pusieron rumbo a su hogar de los lagos de Red Rock.

¡Cuán triunfal sería su retorno! Al partir de Montana, Louis no tenía un céntimo. Ahora era rico. Nadie le conocía entonces. Ahora era famoso. Al marcharse se hallaba solo en el mundo. Ahora contaba con su pareja, la hembra a la que amaba. Su medalla colgaba de su cuello, la preciada trompeta se mecía con la brisa, en el monedero llevaba el dinero que había ganado con su esfuerzo ¡Había realizado lo que se propuso hacer! ¡Y todo en tan sólo unos meses!

¡Era tan maravillosa la libertad! ¡Era tan maravilloso el amor!

CAPÍTULO 20

Billings

Louis y Serena llegaron a los lagos de Red Rock una clara mañana de junio. Entre los miles de aves acuáticas encontraron muy pronto a los miembros de sus respectivas familias, sus padres y madres, hermanas y hermanos. Les dispensaron un ruidoso recibimiento. Todo el mundo quería saludarles al mismo tiempo. ¡Kuuh, kuuh, kuuh! Los aventureros habían vuelto por fin a casa.

El padre de Louis pronunció un espléndido discurso aunque, para ser sinceros, resultó demasiado largo.

Louis alzó su trompeta y tocó «¡No hay lugar como el hogar! ¡Hogar, dulce hogar!». Hubo bastante chismorreo acerca del modo en que Louis había persuadido a Serena para que fuese su esposa. Todo el mundo felicitó a la feliz pareja. Y todos los hermanos y hermanas de Louis y de Serena se congregaron en torno de ellos y examinaron las propiedades de Louis. Se mostraron muy impresionados por objetos tan diversos. Les gustó la medalla de salvamento. Les gustó el sonido de la trompeta y ardían en deseos de ver el dinero del monedero. Pero Louis no lo abrió. Se apartó con su padre y con su madre y los tres se encaminaron a la orilla. Allí Louis se quitó el monedero del cuello y lo entregó a su padre.

Luego Louis tomó su pizarrita y redactó una nota para el dueño de la tienda de instrumentos musicales de Billings que habría de mostrarle su padre cuando llegase. La nota decía:

Al comerciante de Billings.
Le adjunto $4.420,78 en concepto de pago por la trompeta y los daños causados.
Ruego disculpe las molestias.

El padre no sabía contar el dinero ni sabía leer pero se colgó la pizarrita junto al monedero. Ahora estaba seguro de que podría pagar la deuda contraída por el robo de la trompeta.

—Iré —dijo a su esposa—. Redimiré mi honor. Regresaré a Billings, el lugar de mi delito, a esa gran ciudad rebosante de vida...

—Ya dijiste eso en otra ocasión —observó la esposa—. Limítate a llevar el dinero y la nota y vuela hacia Billings lo más aprisa que puedas. ¡Y una vez que llegues, por favor, ten cuidado! El propietario de esa tienda tiene una escopeta. Se acordará de la última vez en que vio llegar a un cisne y éste le robó. ¡Pon mucha atención! ¡La tuya es una misión muy peligrosa!

—¡Peligro! —dijo el padre— ¡Peligro! Me encanta el peligro y la aventura. Peligro es mi segundo nombre. Arriesgaría mi vida por salvar mi honor y recobrar mi sentido de la decencia. Pagaré mi deuda y lavaré la mancha que ensucia mi buen nombre. Me desembarazaré de la vergüenza nacida del latrocinio y de un mal proceder. Yo....

—Si no dejas de hablar —declaró su esposa— llegarás a Billings cuando hayan cerrado las tiendas.

—Tienes razón, como de costumbre —replicó el padre.

Se ajustó el monedero y la pizarrita, disponiéndose para el vuelo. Luego se elevó y tomó rumbo al nordeste, volando a gran altura con rapidez. Su esposa y su hijo le observaron hasta que desapareció de su vista.

—¡Qué cisne! —dijo su esposa—. Tienes un buen padre, Louis. Confío en que nada le suceda. Aunque, a decir verdad, me siento preocupada.

El padre volaba tan aprisa como podía. Cuando divisó las iglesias y las fábricas de Billings, sus tiendas y sus casas, describió un círculo. Luego comenzó a descender en línea recta, derecho a la tienda de instrumentos musicales.

«Ha llegado mi hora», se dijo. «Está próximo el momento de la verdad. Pronto me libraré de la deuda, de la mácula de vergüenza y deshonor que ha ensombrecido mi vida durante tantos meses».

Los que estaban abajo habían distinguido ya al cisne. Uno de los dependientes de la tienda observaba a través de la luna del escaparate. Cuando vió aproximarse a la gran ave blanca, gritó al dueño:

—¡Se acerca una enorme ave, prepare su escopeta!

El dueño agarró su escopeta y corrió a la acera. El cisne ya estaba bajo e iba hacia la tienda.

El dueño alzó el arma. Disparó los dos cartuchos sin hacer una pausa. El cisne sintió una punzada de dolor en el hombro izquierdo. En su mente brotaron pensamientos de muerte. Al volver la cabeza observó una gota de sangre que manchaba su pecho. Pero siguió volando, derecho a la tienda.

«El final está próximo», se dijo. «Habré muerto cumpliendo con mi deber. Tan sólo me quedan unos momentos de vida. En su locura, ese hombre me ha causado una herida mortal. La roja sangre mana ya de mis venas. Mis fuerzas menguan. Pero incluso en la hora de la muerte, entregaré el dinero de la trompeta. ¡Adios, vida! ¡Adios, bello mundo! ¡Adios, pequeños lagos del norte! ¡Adios, primaveras que conocí, con su pasión y su ardor! ¡Adios, fiel esposa e hijos e hijas cariñosos! El que va a morir os saluda. He de morir con elegancia, como solo puede extinguirse un cisne.»

Dicho esto se dejó caer en la acera, tendió el monedero y la pizarrita al asombrado dueño y se desmayó a la vista de su propia sangre. Quedó tendido en la acera, con toda la apariencia de un cisne moribundo.

Rápidamente se congregó el gentío.

—¿Qué es esto? —exclamó el dueño de la tienda, inclinándose sobre el ave— ¿Qué ha pasado aquí?

Leyó al punto la nota de la pizarrita. Luego abrió el monedero y comenzó a extraer billetes de cien y de cincuenta dólares.

Un policía corrió hacia la aglomeración y echó a los curiosos.

—¡Retírense! —gritó— El cisne está herido. ¡Necesita aire!

—Está muerto —declaró un niño—. Este cisne está muerto.

—*No* está muerto —replicó el dependiente—. Sólo asustado.

—¡Llamen a una ambulancia! —gritó una señora.

Bajo el cuello del cisne se había formado un charquito de sangre. Parecía sin vida. Y en aquel preciso momento apareció un guardabosque.

—¿Quién ha disparado contra este cisne? —inquirió.

—Yo —dijo el dueño.

—Entonces queda detenido —declaró el guardabosque.

—¿Por qué? —preguntó el dueño

—Por disparar contra un cisne trompetero. Estas aves se hallan protegidas por la ley. No puede disparar contra un cisne silvestre.

—Bueno —replicó el dueño—, pues tampoco puede usted detenerme. Sucede que conozco a tal cisne. Es un ladrón. A *él* es a quien debiera detener. Ha estado aquí antes y robó una trompeta de mi tienda.

—¡Llamen a una ambulancia! —gritó la señora.

—¿Qué es lo que tiene en la mano? —preguntó el policía.

El dueño volvió a meter a toda prisa el dinero en el monedero y la ocultó a su espalda junto con la pizarrita.

—¡Venga, enséñemelo! —dijo el policía.

—Yo también quiero verlo —declaró el guardabosque.

—¡Todos queremos verlo! —proclamó uno entre el gentío— ¿Qué hay en esa bolsita?

El dueño entregó sumiso al guardabosque el monedero y la pizarrita. El guardabosque, muy erguido, se puso unas gafas y leyó la nota en voz alta: «Al comerciante de Billings. Le adjunto $4.420,78 en concepto de pago por la trompeta y los daños causados. Ruego disculpe las molestias».

Al oír mencionar aquella suma el gentío se quedó sin aliento. Todo el mundo comenzó a hablar al mismo tiempo.

—¡Llamen a una ambulancia! —chilló la señora.

—He de llevarme ese dinero a la comisaría —dijo el policía—. Éste es un caso complicado. Siempre que hay dinero por medio resulta complicado. Me llevaré el dinero y lo pondré a buen recaudo hasta que se resuelva la cuestión.

—¡No, usted no lo hará! —declaró el guardabosque— ¡Ese dinero es mío!

—¿Por qué? —inquirió el policía.

—Porque —repuso el guardabosque.

—¿Porque *qué*? —preguntó el policía.

—Porque la ley dice que el ave ha de ser confiada a mi custodia. Por eso el dinero vendrá conmigo hasta que se zanje el litigio.

—¡Oh, no! Usted no puede hacer eso —afirmó el dueño, furioso—. Ese dinero es mío. Así se dice en la pizarrita. Los cuatro mil cuatrocientos veinte dólares con setenta y ocho centavos son míos. Nadie me los quitará.

—¡Pues claro que sí! —intervino el policía— *Yo*.

—No. *Yo* —declaró el guardabosque.

—¿Hay un abogado entre ustedes? —inquirió el dueño, dirigiéndose al gentío—. Arreglaremos ahora mismo esta cuestión.

Se adelantó un hombre alto.

—Soy el juez Ricketts —anunció—. Yo resolveré el caso. Vamos a averiguar lo sucedido. ¿Quién vió llegar al ave?

—Yo —dijo el dependiente.

—¡Llamen a una ambulancia! —chilló la señora.

—Yo también vi al cisne —dijo un chico pequeño llamado Alfred Gore.

—Muy bien —repuso el juez—. Describan lo que pasó, tan exactamente como lo vieron.

El dependiente habló primero:

—Yo estaba mirando por el escaparate —dijo— y vi acercarse a un cisne. Así que grité. El jefe sacó su escopeta, disparó y el ave cayó a la acera. Derramó una o dos gotas de sangre.

¿Advirtió usted algo especial en el cisne? —preguntó el juez Ricketts.

—Llevaba dinero —replicó el dependiente—. No es frecuente ver a un ave con dinero, así que me fijé.

—Muy bien —comentó el juez—. Veamos ahora lo que tiene que decirnos Alfred Gore acerca de lo que observó. ¡Describe lo que viste, Alfred!

—Pues yo tenía mucha sed y quería entrar en algún sitio para beber.

—Por favor, sólo lo que viste, Alfred —dijo el juez—. No importa la sed que tuvieses.

—Venía por la calle —prosiguió Alfred— porque tenía mucha sed. Así que venía por la calle y quería entrar en algún sitio para beber. Entonces vi de repente en el cielo a un ave muy grande y muy blanca que bajaba sobre mí, *así*.

Alfred extendió los brazos e imitó el planeo de un ave.

—Cuando vi al gran cisne, dejé de pensar en que tenía sed. Muy pronto la enorme ave cayó en la acera, muerta, y había sangre por todas partes. Eso fue lo que vi.

—¿Notaste algo especial en el cisne? —preguntó el juez Ricketts.

—Sangre —declaró Alfred.

—¿Nada más?

—No, sólo sangre.

—¿No oíste un escopetazo?

—No, sólo sangre.

—¡Gracias! —dijo el juez—. Eso es todo.

En aquel preciso momento comenzó a gemir una sirena. Por la calle vino chillando una ambulancia. Se detuvo frente al gentío. Dos hombres saltaron al suelo. Condujeron una camilla hasta el lugar en donde yacía el ave. El cisne alzó su cabeza y miró en torno.

«He estado a las puertas de la muerte», pensó, «y creo

que ahora retorno a la vida. Estoy reviviendo. ¡Viviré! Regresaré con mis fuertes alas al inmenso cielo. Me deslizaré elegantemente de nuevo sobre las charcas del mundo, escucharé a las ranas y me complaceré en los sonidos de la noche y con la llegada del día».

Mientras se entregaba a tan agradables pensamientos, sintió que lo levantaban. Los empleados de la ambulancia le pasaron la pizarrita en torno del cuello, le tendieron con cuidado en la camilla y le llevaron al vehículo, que tenía en lo alto una roja luz giratoria. Uno de los hombres colocó una máscara sobre la cabeza del cisne y le dio algo de oxígeno. Y allá se fueron, haciendo muchísimo ruido, camino del hospital. A su llegada le metieron en una cama y le pusieron una inyección de penicilina. Se presentó un médico joven que examinó la herida causada por el perdigón. El médico declaró que era superficial. El cisne ignoraba lo que significaba «superficial», pero le pareció grave.

Las enfermeras se congregaron en torno de él. Una le tomó la tensión y escribió algo en un gráfico. El ave comenzaba a sentirse de nuevo muy bien. Estaba a gusto en la cama, atendido por enfermeras... una de las cuales era muy bonita. El médico lavó la herida y le puso un esparadrapo.

Mientras tanto, en la acera frente a la tienda de instrumentos musicales, el juez dio a conocer su decisión.

—Sobre la base de los testimonios aducidos —declaró solemnemente— otorgo el dinero al dueño del establecimiento, como indemnización por la pérdida de la trompeta y los daños causados. Confío el cisne a la custodia del guardabosque.

—Señoría —dijo el guardabosque—, no olvide que el dueño está detenido por haber disparado contra un cisne silvestre.

—Se trata de un error —dijo acertadamente el juez—.

El dueño disparó la escopeta contra el ave porque temía que su tienda volviera a ser objeto de un robo. Ignoraba que el cisne traía el dinero para pagar la trompeta. La escopeta fue disparada en defensa propia. Todo el mundo es inocente, el cisne es honrado, la deuda ha quedado saldada, el dueño de la tienda es rico y queda zanjado el caso.

La multitud aplaudió. El guardabosque parecía molesto. El policía parecía irritado. Pero el dueño estaba radiante. Era un hombre feliz. Consideraba que se había hecho justicia.

—He de anunciar algo —proclamó—. De este dinero no me quedaré más que con la parte suficiente para pagar la trompeta robada y los daños causados en mi establecimiento. Consagraré todo lo demás a una causa justa, si se me ocurre alguna. ¿Puede decirme alguien de una buena causa que necesite dinero?

—El Ejército de Salvación —sugirió una mujer

—No —dijo el dueño.

—¿Los Boys Scouts? —apuntó un chico

—No —dijo el dueño.

—¿La Unión de Libertades Americanas? —insinuó un hombre.

—Tampoco —dijo el dueño—. A nadie se le ha ocurrido el lugar más indicado para que yo envíe el dinero.

—¿Qué le parece la Sociedad Audubon? —preguntó un tipo bajito con la nariz que parecía el pico de un ave.

—¡Magnífico! ¡Acertó! —gritó el dueño—. Un ave se ha portado bien conmigo y ahora quiero hacer algo por las aves. La Sociedad Audubon trata bien a las aves. Deseo que este dinero sea empleado en su ayuda. Algunas se hallan en verdaderos apuros. Corren peligro de extinción.

—¿Qué es extinción? —preguntó Alfred Gore.

—Extinción —explicó el dueño de la tienda— es lo que sucede cuando te extingues, cuando definitivamente ya no existes porque no hay otros como tú. Como les pasó a la paloma migratoria de América, a la perdiz gris de la costa oriental, a la dronta y al dinosaurio.

—El cisne trompetero se halla *casi* extinguido —dijo el guardabosque—. La gente sigue disparándoles como este estúpido individuo. Pero ahora están recobrándose.

El dueño de la tienda dirigió una mirada feroz al guardabosque.

—*Yo diría* que se han recobrado ya —comentó—. El cisne que acaban de llevarse *regresó* a Billings con cuatro mil cuatrocientos veinte dólares con setenta y ocho centavos y me los entregó todos. No puedo imaginar en donde *consiguió* todo ese dinero. Es algo extrañísimo.

El dueño de la tienda volvió a su establecimiento; el policía regresó a su comisaría; el guardabosque marchó camino del hospital y Alfred Gore, que aún tenía sed, continuó en busca de un sitio en donde beber. Todos los demás se desperdigaron.

En el hospital, el cisne yacía tranquilamente en la cama entre bellos pensamientos. Dio gracias por hallarse con vida y por haberse librado de la deuda.

Oscurecía. Muchos de los pacientes del hospital estaban ya dormidos. A la habitación del cisne llegó una enfermera para abrir la ventana.

Cuando regresó al cabo de unos minutos para tomarle la temperatura y darle un masaje en la espalda, la cama se hallaba vacía y la habitación desierta. El cisne había saltado por la ventana, extendiendo sus amplias alas y se había dirigido a su hogar por el frío cielo nocturno. Voló durante toda la noche, cruzó las montañas y llegó poco después del amanecer a donde le aguardaba su esposa

—¿Cómo te fue? —preguntó.

—Muy bien —repuso—. Una aventura extraordinaria. Tal como temías, dispararon contra mi. El dueño de la tienda me apuntó con una escopeta e hizo fuego. Experimenté un terrible dolor en el hombro izquierdo, que siempre me ha parecido el más hermoso de los dos. De mi herida brotó la sangre a torrentes y me desplomé elegantemente en la acera, en donde entregué el dinero y recobré así mi honor y mi decencia. Me hallaba a las puertas de la muerte. Se congregó mucha gente. Había sangre por todas partes. Me sentí muy débil y me desmayé de un modo digno frente a todos. Llegaron docenas de policías. Acudieron en tropel los guardabosques y estalló una violenta discusión a propósito del dinero.

—¿Pero cómo sabes que pasó todo eso sí estabas inconsciente? —inquirió su esposa.

—Querida mía— declaró el cisne—, me gustaría que no me interrumpieras cuando te relato los pormenores de mi viaje. Al ver la gravedad de mi estado, alguien entre los que me rodeaban llamó a una ambulancia y me llevaron a un hospital en donde me acostaron. Estaba espléndido allí; mi negro pico contrastaba con las niveas sábanas. Médicos y enfermeras me atendían y consolababan en mis horas de sufrimiento y dolor. Puedes juzgar la gravedad de la herida si te digo que uno de los médicos la examinó y dictaminó que era superficial.

—Pues eso no me parece tan malo —dijo su esposa—. Creo que simplemente sufriste un golpe. De haber sido grave, no habrías podido regresar tan pronto. En cualquier caso, superficial o no, me alegra verte de vuelta a casa. Siempre te echo de menos en tus ausencias. No sé por qué pero así es.

Y dicho esto, colocó su cabeza sobre el cuello de su esposo y le dio un ligero codazo. Luego desayunaron y fueron a nadar en un paraje del lago que no estaba helado. El cisne tiró del esparadrapo y se lo arrancó.

CAPÍTULO 21

La verde primavera

Louis y Serena se hallaban más enamorados que nunca. Cuando llegó la primavera volaron hacia el norte. Louis llevaba su trompeta, su pizarrita, su tiza y su medalla. Serena no llevaba nada. Ahora que ya no tenía que trabajar y ganar dinero, Louis experimentaba un gran alivio. Ya no se vería obligado a llevar un monedero colgado del cuello.

Los dos cisnes volaron muy alto y muy deprisa, a tres mil metros sobre la superficie de la tierra. Llegaron por fin a la pequeña charca silvestre en donde Louis vino al mundo. Ése era su sueño, regresar con su amor al lugar del Canadá en donde él vio por vez primera la luz del día. Escoltó a Serena de un extremo a otro de la charca y volvieron juntos. Le mostró la isleta donde estuvo el nido de su madre. Le enseñó el tronco donde se hallaba sentado Sam Beaver cuando Louis le tiró de un cordón de sus zapatos porque no sabía decir bip. Serena se mostraba encantada. Estaban enamorados. Era primavera. La rana despertaba de su largo sueño. La tortuga retornaba a la vida tras su letargo. La ardilla sentía soplar el viento, cálido y suave, a través de los árboles, como en aquella primavera en que el padre y la madre de Louis fueron a la charca para hacer un nido y criar sus polluelos.

El sol brillaba, fuerte y firme. Se fundía el hielo: en la charca aparecieron ya espacios despejados. Louis y Serena sentían cambiar el mundo y experimentaron el despertar de una nueva vida, de un éxtasis y de esperanzas. El aire traía aromas del renacer de la tierra tras el largo invierno. Los árboles lucían verdes y minúsculos brotes. Llegaba un tiempo mejor y más alegre. Aparecieron volando un par de patos silvestres. Vino un gorrión de blanco cuello y cantó «Oh, dulce Canadá, Canadá, Canadá».

Serena decidió construir su nido sobre una madriguera de ratas almizcleras. Tenía la altura justa sobre el agua. Las ratas almizcleras la hicieron con barro y con palos. Louis había confiado en que su esposa resolviese crear su nido en el mismo lugar en que su madre construyó el suyo pero las hembras tienen sus propias ideas; quieren hacer las cosas muy a su manera y Serena sabía lo que se proponía. Louis se sintió tan encantado cuando la vió empezar la construcción de su nido que realmente no le importó en donde fuese. Se llevó la trompeta al pico y atacó una antigua canción titulada «Es delicioso estar casado, es-es-es, es-es-estar casado...». Luego la ayudó, trayendo unos cuantos tallos duros y resistentes.

Tanto si llovía como si lucía el sol, si hacía frío como si hacía calor, cada día era una jornada feliz para los dos cisnes. A su tiempo llegaron primero los huevos y luego los polluelos, cuatro. El primer sonido que escucharon los pequeños fue el toque límpido y penetrante de la trompeta de su padre.

«Oh, siempre en la verde primavera», tocó. «Escondido en la orilla, amor mío...»

La vida era alegre, afanosa y dulce en aquella pequeña y solitaria charca de los bosques del norte. De vez en cuando Sam Beaver acudía a visitarles y pasaban buenos ratos juntos.

Louis jamás olvidó sus antiguos empleos, ni a sus viejos amigos ni su promesa al encargado de las aves de Filadelfia. Año tras año, Serena y él regresaban cada primavera a la charca, anidaban y tenían sus polluelos. Y cada año, cuando concluía el verano, terminada la muda, tenían nuevas plumas remeras y los pequeños cisnes estaban ya dispuestos para volar, Louis emprendía con su familia un largo viaje de placer por América. Les llevaba primero al campamento Kukuskus, en donde salvó la vida de Applegate Skinner y ganó su medalla. Para entonces el campamento ya había cerrado hasta el siguiente verano pero a Louis le agradaba volver a visitarlo y vagar por allí, recordando a los chicos y el modo en que, como corneta, consiguió sus primeros cien dólares.

Luego la familia volaba a Boston, en donde el hombre de la lancha del Cisne siempre les dispensaba una gran acogida. Louis bruñía su trompeta, la limpiaba y nadaba de nuevo delante de las lanchas, tocando «Rema, rema, rema en tu barca». La gente de Boston oía el sonido habitual de la trompeta y acudía en tropel al Jardín Público. Después el barquero invitaba a Louis y Serena a pasar la noche en el Hotel Ritz mientras los pequeños cisnes se quedaban en el lago a su cuidado. A Serena le gustaba muchísimo el Ritz. Comía docenas de bocadillos de berro, se contemplaba en el espejo y nadaba en la bañera. Y mientras Louis observaba desde la ventana el Jardín Público a sus pies, Serena daba vueltas y más vueltas, encendía y apagaba las luces y se divertía en grande. Luego se metían en la bañera y se dormían.

Desde Boston Louis llevaba a su familia al zoológico de Filadelfia y les enseñaba el lago de las aves. Aquí era cordialmente recibido por el encargado. Si el zoológico necesitaba un joven cisne trompetero, Louis le entregaba uno de sus pequeños, tal como prometió. En los últimos años, Filadelfia era también el lugar en donde veían a

Sam Beaver. Tan pronto como tuvo edad para trabajar, Sam consiguió un empleo en el zoológico. Louis y él disfrutaban mucho siempre que estaban juntos. Louis tomaba entonces su pizarrita y conversaban largo y tendido acerca de los viejos tiempos.

Tras visitar Filadelfia, Louis volaba al sur con su esposa y sus hijos para que pudiesen ver las grandes sabanas en donde los caimanes dormitaban entre aguas cenagosas y los auras volaban por lo alto. Y luego regresaban al hogar para pasar el invierno en los lagos de Red Rock, en el encantador y tranquilo Centennial Valley en donde todos los cisnes trompeteros se sienten seguros.

La vida de un cisne debe de ser agradable e interesante. Y desde luego así era especialmente la de Louis, puesto que se trataba de un músico. Cuidaba mucho de su trompeta. La mantenía limpia y pasaba horas abrillantándola con las puntas de las plumas de sus alas. Mientras vivió, se sintió muy agradecido a su padre, el valiente cisne que arriesgó su vida para proporcionarle la trompeta que tanto necesitaba. Cada vez que Louis miraba a Serena recordaba que el sonido de la trompeta fue lo que a ella le indujo a convertirse en su pareja.

Los cisnes suelen vivir mucho tiempo. Año tras año, Louis y Serena regresaban en primavera a la misma charca de Canadá para criar polluelos. Los días eran tranquilos. Y siempre, al oscurecer, cuando los polluelos empezaban a adormilarse, Louis alzaba su trompeta y tocaba silencio como acostumbraba en el campamento hacía ya tanto tiempo. Las notas, bellas y tristes, flotaban sobre las quietas aguas y llegaban al cielo nocturno.

Un verano, cuando Sam Beaver contaba unos veinte años, fue con su padre a la cabaña de Canadá. Después de cenar, el señor Beaver descansó en una mecedora de las fatigas de un día de pesca. Sam leía un libro.

—Papá —dijo—. ¿Qué significa «crepuscular»?

—¿Cómo voy a saberlo? —replicó el señor Beaver— Jamás oí esa palabra.

—Tiene algo que ver con conejos —indicó Sam—. Aquí dice que un conejo es un animal crepuscular.

—Probablemente significa tímido —declaró el señor Beaver—. O quizá quiera decir que corre como las balas. O tal vez signifique estúpido. Un conejo es capaz de sentarse en el centro de la carretera y quedarse mirando tus faros, sin apartarse. Así es como muchos mueren atropellados. Son estúpidos.

—Bueno —dijo Sam—. Supongo que el único medio de averiguar lo que significa «crepuscular» es mirar en el diccionario.

—Aquí no tenemos diccionario —observó el señor Beaver—. Tendrás que esperar a que volvamos al rancho.

Y en aquel mismo momento, en la charca en donde estaban los cisnes, Louis alzó su trompeta y tocó silencio para que los polluelos supieran que había concluido el día. Como el viento soplaba de ese lado trajo el sonido a través de la ciénaga.

El señor Bever dejó de mecerse.

—¡Qué extraño! —dijo— Me pareció haber oído ahora el sonido de una trompeta.

—Eso no puede ser —repuso Sam—. Estamos solos en estos bosques.

—Ya lo sé —reconoció el señor Beaver—. Pero es igual. Creí oír una trompeta. O una corneta.

Sam se echó a reír. Jamás había hablado a su padre de los cisnes de la charca próxima. Se reservaba el secreto para sí. Siempre iba solo a la charca. Le gustaba que fuese así. Y así también lo preferían los cisnes.

—¿Qué fue de tu amigo Louis? —preguntó el señor Beaver— Louis era un trompetero. ¿No será *él* quien anda por aquí?

—Tal vez —respondió Sam.

—¿Has sabido de él últimamente? —inquirió el señor Beaver.

—No —replicó Sam—. Ya no escribe. Se le acabaron los sellos y carece de dinero con que comprarlos.

—Oh —dijo el señor Beaver—, toda la historia acerca de ese cisne resultaba muy extraña. Jamás la entendí del todo.

Sam miró a su padre y vio que sus ojos se habían cerrado. El señor Beaver estaba durmiéndose. Apenas algún sonido alteraba la quietud de los bosques.

Sam también se sentía cansado y soñoliento. Sacó su cuaderno y se sentó a la mesa ante la lámpara de petróleo. Esto es lo que escribió:

> Esta noche oí la trompeta de Louis. También la oyó mi padre. El viento venía de allá y justamente cuando anochecía interpretó el toque de silencio. No hay nada en el mundo que me guste tanto como la trompeta del cisne. Por cierto, ¿qué significa «crepuscular»?

Sam guardó su cuaderno. Se desnudó y se deslizó dentro de la cama. Y allí se quedó, preguntándose lo que significaría «crepuscular». En menos de tres minutos estaba dormido.

En la charca donde se hallaban los cisnes, Louis abandonó su trompeta. Los polluelos se metían bajo las alas de su madre. La oscuridad caía sobre los bosques, los campos y las ciénagas. Un colimbo lanzó su salvaje grito nocturno. Mientras Louis se preparaba para el sueño, todos sus pensamientos se concentraron en la suerte que tenía por vivir en tan bello planeta y por haber resuelto sus problemas gracias a la música, y en lo agradable que era esperar otra noche de sueño y, luego, la fresca mañana y la luz que retorna con el día.